O Vale da Paixão

畫鳥的人

Lídia Jorge

莉迪亞・豪爾赫——著　顏湘如——譯

導讀

鄉愁書寫（*Saudade*）——漂鳥的身分與土地的救贖

張淑英（清華大學外語系教授、西班牙皇家學院外籍院士）

莉迪亞・豪爾赫（Lídia Guerreiro Jorge, 1946-）和前輩作家薩拉馬戈（José Saramago）、奧古絲汀娜・佩薩—路易斯（Agustina Bessa-Luís），以及同輩小說家羅伯・安頓涅斯（António Lobo Antunes）並列爲當代葡萄牙文學最重要的健筆。前輩或同輩不是摘下諾貝爾文學獎桂冠，就是葡萄牙最重要的賈梅士（Luís Vaz de Camões）文學獎得主，足能評斷莉迪亞・豪爾赫在葡語文學的分量。二〇二〇年底，墨西哥瓜達拉哈拉國際書展授予她的羅曼語系文學大獎更是跨國跨語言的重磅榮譽。

莉迪亞・豪爾赫的第七本小說《激情的峽谷》（*O Vale da Paixão*）一九九八年面世後，接連獲得四個文學獎項的加冕，如今以英文（和西文）譯本的名稱《畫鳥的人》（*The Migrant Painter of Birds*）在中文書市出版，有了更具體的象徵意涵及隱喻。

閱讀莉迪亞．豪爾赫的作品或《畫鳥的人》，有幾個破題的關鍵符碼：第一個是薩拉查（António de Oliveira Salazar）總理建立的「新國家政體」（Estado Novo）獨裁體制，長達四十二年到他逝後四年的康乃馨革命始告終結（1932-1974）。這當中包括殖民地安哥拉和莫三比克尋求獨立的革命戰亂期，恰巧也是作者在兩國執教鞭六年（1968-1974）的非洲經驗。

第二個是一九五〇至八〇年期間，葡萄牙高比例的鄉村人口（68%~58%遞減），而自一九六〇年末起，每年約有十萬人移居國外。長期且獨斷的獨裁體制，艱苦貧困的農村勞力，不斷遷徙的人口外流，在在撩撥了詩人佩索亞（Fernando Pessoa）筆下所謂的「鄉愁啊（*saudade*）——刻骨銘心，唯有葡萄牙人懂的徹底」。在那個時代，離去的人和遭棄的土地，盡是悲劇的鄉愁！以莉迪亞的作品爲博士論文且提出精闢解析的學者保羅．賽拉（Paulo Serra）點出從《畫鳥的人》可以看到莉迪亞小說的兩大特點：憂鬱的美學（豐沛的情感筆觸刻畫人物的無奈與屈服）和殘酷的寫實（人類在歷史的洪流中淹沒，尊嚴赤裸受辱的不堪）。

《畫鳥的人》以莉迪亞的故鄉爲背景，敘述葡萄牙南部法羅區（Faro）鄉村瓦馬雷斯（Valmares）大宅院的蛻變。故事環繞綿延將近半個世紀的狄亞斯家族的流變與停泊：一個大家長范西斯科、他的八個兒女、三媳一婿、四個孫子與一對工頭夫婦的家族史。

「*Saudade*」是葡語文學的傳統與經典議題，是一種因距離產生的既親密又憂鬱的情感，一種想要破除距離的渴望，又明知不可得的糾結；既是一種人與人之間的相思，也是人與地景的思鄉。小說扣人心弦的*Saudade*必要條件（*sine qua non*）是華特和他的女兒這對父女的親情轇轕和身分認同。《畫鳥的人》是華特，而眞正的主角是說故事的女兒。華特是家族裡唯一不甘下田幹粗活的老么。他叛逆、風流、逃逸，年少輕狂和瑪莉亞．艾瑪生下女兒，卻遠走他鄉；身殘腳跛的長兄庫斯多喬（Custódio，意思即爲監護人）娶了瑪莉亞．艾瑪，父女關係變成了叔姪。從此彼此的聯繫是華特浪跡天涯寄回的家書，以及坐在他的軍毯上畫下的各地珍禽異鳥。小說裡，狄亞斯家族每個人都有名字，唯獨女主角沒有名字。「華特的女兒」是她的代稱，她是「缺席的全知」：她記憶、她書寫，她觀看聆聽，一度也曾像年輕時的母親一樣佻達失了身，她都一一記錄串連，想要對永遠不會知道這些詳情的「華特叔叔」細訴。書寫是她的話語，沉默是她的聲音，但不能碰觸與言談「女兒」的身分；而華特，卻永遠是「在場的缺席」，鄉愁療癒的方式是再次離家，就好像法國詩人高第耶（Théophile Gautier）所描述的「易地／異地鄉愁」（nostalgia inversa），易地流浪異地方知故鄉情。女兒的日常生活永遠有華特和來自四面八方的鳥的影像相隨。華特也是遠離家鄉眾兄嫂書信控訴的藉口，推諉責任的箭靶。狄亞斯家族的互動猶如板塊運動造成的地震，范西斯科和華特的衝突對峙是震源，華特和女兒的會面所牽連的攪擾則是震央。

鳥圖和毯子這些「物件」成爲華特的「假體」（prosthesis），讓華特的女兒有了繼承的屬性。「鳥」的特性也成爲華特的譬喻。他像鳥類一樣遷徙移動，從北美頂端到南美盡頭，試圖擇良木而棲；毯子成爲他畫圖的一部分（畫鳥與風流「鳥＝屌」的憑藉），是女兒的追憶、懷舊、思念、發現眞相與身分的救贖。

遷徙是《畫鳥的人》另一個重要的主題。狄亞斯家族的兄弟們，除了獨裁獨斷的家長范西斯科和不良於行的長子庫斯多喬守著宅院，守著土地，其他的手足都遠離家園，另謀出路，也紛紛致富。一開始，在墨守成規又專制的父親的統御下，狄亞斯家族成員沒有人可以逃脫范西斯科的寡頭鐵律，但是也沒有人要就此屈從他們被限定的命運。這段鄉間人口外移和莊園逐漸蕭條的景象，和魯佛（Juan Rulfo）的《佩德羅·巴拉莫》（*Pedro Páramo*）或胡利歐·亞馬薩雷斯（Julio Llamazares）的《黃雨》（*La lluvia amarilla*, 1988）有類似的蒼涼和無情。前者是可馬拉（Comala），後者是艾涅爾村（Ainielle），最後都只剩耄耋老翁苦守的孤寂。

莉迪亞想藉著《伊里亞德》詩性的鋪陳和史詩的悲泣來襯托《畫鳥的人》的抒情與呢喃。《伊里亞德》建構的主題，烘托了狄亞斯家族鄉愁的縮影。一是還鄉：范西斯科殷殷期盼召喚不回兒媳們返鄉的念頭，父權的消失是他的鄉愁；二是榮譽：兒媳先後棄宅院而去，與莊園切割、離開鄉里爲揚眉吐氣。對范西斯科而言，「之前與之後，遠方與屋內，他都毫無興趣。他唯一在意的只有自己土地的範圍，以及他以堅定意志侍奉的熟悉神祇。榮譽、愛與生命，唯有轉化成田畝才有意義。」三是命運：造化弄人，親情、愛情都沒有對位。華特依然如漂鳥消逝，瑪莉亞·艾瑪永遠等不到伊人回首；庫斯多喬忍受「烏龜」的侮辱，華特的女兒形同「孤女」，兩個身/心缺陷的人是狄亞斯家族最後守護宅院的傳人。

薩拉馬戈稱許莉迪亞的創作感性與理性兼備，善於梳理時間的節奏。我們讀到的《畫鳥的人》裡，華特的女兒是時間的裁縫師，是織拆壽衣的潘尼洛碧，然她的記憶拼圖也難免錯亂，跳了針，穿錯了線，但都無妨，時間在這本小說裡只有當下有意義，但以靜謐封存，近似虛無。生活在他方或擁抱鄉土的人依然在佛朗西斯科·馬努埃·梅洛（Francisco Manuel de Melo, 1608-1666）詮釋的矛盾修辭——「磨時樂，享時苦」（*Saudade*）——的情感裡等待救贖。

自序

製圖學（CARTOGRAFIA）

這本書起稿於某個雨夜。那天，家門前的小徑上覆著泥土，剛剛結束長途旅行的我正準備返家。接近家門時，我注意到門前放置了一條毯子，讓我們可以在進門前清潔鞋子。我就是這麼做的，在那條毯子上蹭掉鞋底的泥濘，然而在午夜時分，心中卻浮現了一股懊悔之意。一名士兵的形象清晰地浮現在我面前，他對我說：「把我的毯子從泥裡拿起來，爲何讓它這樣消失，在腳底下消失？」

我起身把大門的毯子拿起，擰一擰、甩一甩然後放在壁爐晾乾。接下來的幾天都持續下著雨，我拿起筆記本，在上面寫出第一行字——在士兵的毯子前。那是個四〇年代的角色，有能力、聰明睿智且充滿夢想的葡萄牙年輕人，然而，在當時的時空背景下，即便腦中充滿點子，卻受到了限制，因此只留給家人一條毯子留念。這條毯子激盪出我想隨雨聲寫作的故事，當時我文思泉湧，因而確立了這個故事的開始。

但是三天過後，那個我認爲只是短篇故事——由一條毯子憶起前主人的簡短故事，最後的敘事看來卻是不完整的。雨天結束了，我眼前這些複雜的情節與資料足以獨立寫成一本書。這是一個以概述形式且結合人物分析構成的故事，這個故事將成爲一本關於士兵毯子的虛構小說，毯子上刻畫著一名人物在世界各地旅行的痕跡，更以敘述網的形式擴展，超越了單一角色的個人故事，甚至以象徵的形式濃縮呈現。最後，這個男人的角色以及他轉變成地圖集的毯子，代表著其他數百萬個葡萄牙人，他們承載著事業心和對藝術的野心，其唯一出路就是在遙遠的領土上追求更好的生活。在頒給本書的獎項中，評審團成員之一——一名羅馬尼亞的演員曾經說：《畫鳥的人》此書象徵著歐洲人被滿足內心的必要性，進而驅動到遠處旅行，幫助他們在大海的另一邊建立新的世界。這些話精準地描述了當我將毯子從地面拿起時，那條毯子給我的靈感之一。

這種毯子是第二次世界大戰時期那種由羊毛編織而成、重量相對較輕的灰色長方形毯子。葡萄牙沒有直接參與第二次世界大戰這場可怕的衝突，但依然遭受劇烈影響。在這場戰爭中，葡萄牙表面上與同盟國同一陣線，私底下卻幫助了軸心國。絕對的獨裁者薩拉查向葡萄牙人民表示——我使我們免於戰爭，但非免於飢餓。是的，這裡曾經有嚴重的饑荒及文化知識的缺乏。葡萄牙當時是個缺乏學校的地方，對於文化資產的取得及行爲的解放可以說是相當地缺乏，甚至根本沒有。華特·狄亞斯的故事即是存在於這樣的背景中——一個沒有赴戰的士兵，加入了外圍歐洲世界的行列。當時的葡萄牙選擇中立，因沒有參與這場造成歐洲悲劇的行動而獲得利益，然而這卻導致了兩個惡果：獨裁政權延長了三十年，且延緩了歐洲民主政體的發展。直至一九七四年，因爲康乃馨革命，才得以進入到言論自由的國家行列，放棄了在非洲和亞洲的帝國主義形式殖民地，漸漸轉變成獨立和自由的國家。

書中角色——華特的女兒，後來憶起父親時，便是在這個時期、成爲歐盟成員之一的年代，並經歷了深度的結構轉變。當時葡萄牙一邊適應布魯塞爾的共同指示，並爲自己選擇一個最好的計畫以增強國家競爭力，外圍局勢促使它對其他洲的國家敞開國門，優越的地理位置更使其一躍成爲迎接世界各地遊客的大廳。

在該國南部的法羅，即《畫鳥的人》的故事場景所在地，這些轉變其實是有徵兆的。對於書中的老父親而言，這是戲劇性的。他在家族中的獨裁統治，就如同里斯本獨裁者的權威形象。但對於那些離家不歸的兒女們，這些轉變卻是自由的。那名孫女，即華特的女兒，她就是留下來支持地方轉型的人，並扮演著時代橋樑的角色。她回顧了歷史同時也預測了未來。時間長河裡的古老鄉村，是可以被看見並等待人發掘的，就如同一間活的博物館，參觀者可以觀察到這裡過去的生活，新科技世界中的孩子們，能以適當的距離窺探玻璃櫥窗後面的務農器具。而未來又將有所不同。

但是一本書的寫作從不會誤導作者。就算時間流轉，優秀的讀者們依然能感受到歷史和社會時空營造出的故事氛圍，將戲劇衝突聚焦於士兵的毯子上。在持續下雨的三天裡，壁爐石頭上晾著的毯子烤乾了，毛料上的泥漬乾涸成地圖集，也因此決定了這個故事及敘述的型態。即使我已經不在毯子前寫作，士兵的身影仍會出現在我欲寫作的頁面前。最終，這些頁面是虛構的，包括了士兵回憶的連續片段，虛構的士兵過虛構的生活，而虛構的女兒則想抹去父親不良的聲譽。我原本要遠離雨水而寫，但雨好像持續且永久地飄落紙上，而我沿著這些頁面，將這個虛構又不完美的愛情故事塑形，就像人類的大愛，它是不完美卻偉大的。

文學小說的巨大貢獻在於將原本被認爲是創造的故事轉化爲經驗豐富的敘事，每一次的閱讀都像一種不孤寂的內在創造，彷彿與其他生命牽連在一起，又像是自家姊妹一般。並不是所有故事都擁有這種力量。爲何有些作品能達到這種人性相互連結的祕密精粹，有些卻不能，這始終是個謎。寫下這些內容的人希望《畫鳥的人》屬於前者，但這無非是個美好的夢想，如同華特·狄亞斯的野心。

Boliqueime,
15 de Janeiro de 2021.

1

華特·狄亞斯再次駐足於樓梯平台之上，一如他探視女兒的那個晚上；他悄悄脫下鞋子，準備繼續上樓，如影子般輕盈並緊貼牆壁。我無法勸阻或制止他，原因很簡單，因爲我希望他很快爬上最後一階樓梯，沒有敲門便將房門打開，不發一語地跨進狹窄門檻。就像那第一個晚上，在重現這些姿勢和動作的時刻消逝之前，他就這麼站在房間中央，一手拎著鞋子。那個遙遠的冬夜裡，雨水落在沙地平原上，敲打著屋瓦的雨聲，將我們與外界、與屋內的其他人隔開，猶如一道閉闔的簾幕，任何人力都無法扯開。若非如此，華特也不會上樓，不會進入房間。

當時候，原本住在瓦馬雷斯這棟房子的人已走了大半，走廊兩側，一度住著范西斯科·狄亞斯的子孫、大夥兒經常來來往往的房間，都已封閉。從前很難分辨每個人的腳步聲。眾多兒孫加上三個媳婦和女婿，所有人打從天一亮便都起身四下走動，製造出無數聲響。那孩子儘管待在自己房裡，連續幾個小時凝神細聽，想方設法加以辨別，也還是辨不到。然而，一九六〇年初的那個冬天，仍住在家裡的人的腳步聲，卻和他們的面容或照片一樣，輕易便能辨識。

有瑪莉亞·艾瑪的孩子們輕盈、鬆散的腳步，依然帶著稚氣與躁動不定，他們成群飛快地在走廊上跑來跑去時，不禁讓人想起奔竄的老鼠。相對地，還有范西斯科的沉穩腳步，由於靴底那兩圈亮晶晶的鞋釘，使得他所到之處都伴隨著金屬回音，彷彿腳上戴著皇冠。此外還有庫斯多喬，他的步伐比父親輕，但鞋尖也包覆著金屬，因此磁磚或水泥地板上，偶爾會響起時輕時重的跛行聲。范西斯科這個大兒子的腳步聲不易錯認的原因不只如此，這種切分音節奏從他與瑪莉亞·艾瑪共用的西廂房傳出，聲響來自庫斯多喬的靴底，聽起來像是哪裡出了錯、哪裡不協調，好像地面與現實配合不上，但不知怎地，他那規律而不對稱的腳步聲，竟比瓦馬雷斯宅子裡其他腳步聲都還要規律。她聆聽著那個瑕疵，聆聽著那安靜無聲的步子，每每總像擺動中的鐘擺，眼看就要錯過一拍，卻又從未錯過。

他的腳步聲是絕不可能錯認的，而且經常與瑪莉亞・艾瑪的腳步聲交錯，只是後者從未在他身旁停下過。

2

此外也還有她的腳步聲，瑪莉亞・艾瑪，庫斯多喬的妻子。通常她早上穿橡膠底鞋，晚上穿皮底鞋，但因爲小叔回來了，便從早到晚穿著高跟鞋。可以聽到她在屋裡到處走動，喀噠喀噠走過地磚，上了地墊聲音暫歇，接著又篤篤、篤篤穿過木地板。可以想像得到，她穿著長及腳踝的衫裙走來走去，衣衫底下雙腿白皙、腰肢纖細。那是她在瓦馬雷斯大宅中的腳步聲，這棟宅子離大西洋夠遠，聽不見暴風雨時的驚濤裂岸，但也離得夠近，屋牆不免受到水氣中的硝酸鉀侵蝕。那是她的腳步聲，與他人不同。不過華特的腳步聲也與眾不同。

華特・狄亞斯是一個月前回來的，腳上穿的是水牛皮做的鞋。皮鞋材質柔軟，降低了對地板的撞擊力道，可是當華特走在空蕩蕩的走廊上，仍可隱約聽見他的腳踩壓海綿鞋墊，發出微弱的摩擦聲。每個人都認得出那掩飾不了身分的靜悄步伐，輕如吹氣，又像嘆息般清晰可聞。他一跨進前門，瑪莉亞・艾瑪的孩子們就會大喊：「他來了！」大家都知道他何時進門、何時出門。因此那天晚上，小心翼翼駐足於樓梯平台上的正好便是那海綿墊腳步聲的主人。華特沒有敲門就進來，一關上門立刻背靠在門上，手掩住自己的嘴。「拜託，別叫。」他上樓去看女兒的那個晚上，這麼說道。她一直在等他，卻從未想到他真的會來。隨後他坐到椅子上，穿上鞋子，拿起燈，扭動開關直到火焰轉綠，才將狀似罌粟花瓣的燈火舉高到面前。他將燈高舉著，就好像焰心是一面放大鏡，然後站在那裡看著她，從正面、從側面細細打量，而外頭，滂沱大雨重重敲打著窗。

3

是的，那天晚上，當他將燈舉到與她的頭齊高，高長火焰在她眼前搖曳，房裡瀰漫著燃燒的燈油味之際，雨下下停停，滋潤了那片炙熱乾涸、宛如沙漠的土地。但就在某次雨歇時，她忽然聽到庫斯多喬的腳步聲，錯不了，是他的跛行聲。足音從宅子西側最遠處響起，沿著廊道，經過一扇扇高大房門而來，穿過其中四扇門交會的十字翼廊，接著在平台邊停下，喊道：「有人在樓上嗎？」

燈火立刻關小，火焰成了被關在玻璃箱中的螢火蟲。華特屏住氣，用兩手圍著燈火，雙膝微屈站立，動也不動，彷彿隨時準備出手攻擊或是自衛。至於她，仍待在他發現她的地方未曾移動，她很想做點什麼來阻止那腳步聲，絞盡腦汁試圖想個主意或採取行動以避開危險。再說了，她深信華特上樓進她的房間並非出於自願，而是她以念力召喚所致，因此假如庫斯多喬發現他躲在她房裡，那麼此時此刻充斥著前所未有狂喜氛圍的瓦馬雷斯大宅，接下來不管發生什麼嚴重後果，都將由她承擔。庫斯多喬果然起步上樓，手電筒往上照向房門，光束從下方門縫溜進來，在房內地板上漫散開來。這位家中長子中途停下了腳步，再次喊道：「有人在樓上嗎？」接下來是一陣長長的靜默，最後他在樓梯上轉身下樓去了。庫斯多喬不易錯認的腳步聲拾級而下，在走廊上漸行漸遠，消失在西廂房那頭。在一九六〇年代，那是他與瑪莉亞·艾瑪共同的臥室。接著又開始下起滂然大雨。

直到此時，華特才抓著她的手腕，拉她到鏡子前，打開衣櫥，然後換他消失在黑暗走廊上，就好像根本沒來過。

4

然而今晚，他已無須再弓起手圍著火焰，無須再屛息。假如這麼做，若非純屬反射動作，就是爲了紀念一個已沒有必要再保守的祕密。如今，華特大可敞開房門，穿著皮底鞋大步走過房間，高興的話甚至可以穿金屬尖頭鞋，因爲現在再也沒人對我們的關係與我們的生活感興趣。我們能受到保護，不只歸功於歲月編織的遺忘之網，還因爲瑪莉亞·艾瑪與庫斯多喬（如今宅子裡僅剩的居民）的婚姻生活終得和諧。

夏夜裡，彷彿有一群生物戴上月亮或星星當面具，遙遙地嘲弄訕笑，他們夫妻倆便心醉神迷地凝望明亮的天空，營造心照不宣的沉默氛圍。如今他們做得到了，因爲所有令人尷尬的人事物都裝箱打包，現在已經沒有人要處罰、沒有人要殺了。這點他們心知肚明，他們的生活經過千錘百鍊，已然成爲一座夯實、完美的高峰。有時候，坐在摺疊躺椅上的兩人會同時注意到橄欖樹白得發亮，彷彿葉子上撒了銀粉。這躺椅是孩子們在某次閃電式返家探視時帶來的，另外還帶了一組海灘陽傘，他們夫妻倆從未闔上過，即使到了晚上也會坐在傘蔭下。

但無論如何，屋宅始終還是老樣子。這是瑪莉亞·艾瑪的孩子們達成的共識，他們沒有將牆打掉重建，只是草草地重新塗上一層漆；而此時手牽著手的瑪莉亞·艾瑪與庫斯多喬，也成了孩子們計畫保存的牆壁的一部分。他們打算將門面與庭院整修上漆，並雇用一台挖土機，在范西斯科原本堆肥的地方，挖一座人類腳印形狀的藍色泳池。灰色無花果樹可能要砍掉，改種已長成的棕櫚樹，並在樹下架設白色吊床。另外也有必要清除昔日家禽家畜在石板地上留下的痕跡，讓庭院變成宜人的散步場所。不過，屋內的橫樑要留下，還有欄杆、樓梯、二樓的房門、手把、門檻與木地板也都要留下。或許也會留下同樣的光線、同樣踩在木地板上的跫音、同樣的肥皀與打蠟氣味。同樣的平台與同樣的樓梯。如此一來，華特隨時都可以摸黑行走，即便閉著眼睛也不會迷路。一如當年那個腳步聲響起的雨夜，她依然希望華特能上樓到女兒的房間，如常地面帶微笑，而且單純只是爲了看看她。

因爲一九六三年那個晚上，華特曾一度定定地站在房間中央，舉著火焰顫顫巍巍的油燈說：「我選擇了印度而不是妳，但妳比印度更珍貴，也比這趟往返的旅程更珍貴。妳明白嗎？」她太過驚訝，困惑得無以復加，一時無法言語或思考。她著實覺得不可思議，華特千里迢迢回來，像個匪徒似地拎著鞋子溜進她房間，竟然只爲求她原諒一件她當禮物般緊緊揣在懷裡的事。「妳比印度還要珍貴。」當時他這麼說，彷彿身在房內的自己毫無喜悅之感。

5

他說此話時，庫斯多喬的腳步聲尚未爬上樓梯中途，燈火依然燒得高高的。雨下了又停，彷彿上一刻還緊閉的簾幕，下一刻即被猛然扯開。接著他又補上一句，手裡仍高舉著燈，雙眼直視著她：「我從來沒給過妳什麼。」她詫異至極，因爲她知道這不是事實，也希望能證明給他看，證明她周遭全是他留下的人事物，全是屬於他的影像、想法、理由、衣物與圖畫；而她渴望這次會面的理由無他，只是想向他說明，他不在的時候，她是如何透過她所擁有的這一切屬於他的東西，與他一起生活著。她想告訴他，他並沒有虧欠她什麼，相反地，一切都完美得有如計算精確的乘法總和，終究經得起邏輯與時間的考驗。然而那天晚上卻無法做任何解釋，或許因爲她想不出恰當的語句，也或許語句是有，只是不知如何恰當地拼湊起來；至少在他出其不意到來的時刻，情況便是如此。他的話讓她深感震驚，也覺得他很奇怪，竟然甘冒偌大風險，只爲了拿燈照著她的臉，說他對她造成多大傷害。他竟說他從未給過她什麼，太荒謬了。

她好不容易想到這句話，卻說不出口。

當庫斯多喬的腳步聲逐漸遠去，華特又重新調亮火焰，開始許下種種承諾，他想爲她備下一筆財富，而這份傲人的遺產將會有一部分涵蓋機場與康莊大道、以多立克柱及希臘銘文裝飾的大學，一個以美金、生意與旅程構成的世界。假如有一天他們能前往巴拿馬運河，他會帶她去看他最喜愛的鳥類，讓她聽聽眾鳥齊鳴的聲音。他喜歡熱帶國家的鳥類，但說到生活與賺錢，則偏愛氣候較冷的國家。不知爲何，他以印度作爲起點，現在卻住在冰天雪地的國度。事實上，一開始他會先帶她去冷的地方，然後偶爾南行，不過一定要帶女兒去哈德遜河看看自由女神像，他才能安心。有幸的話，願她與他同去。再有幸的話，願他能讓她享有自由國度、自由交易與自由的愛。「妳等著瞧吧，我會把欠妳的一切都還給妳。」一九六三年那個冬夜裡，華特・狄亞斯如此說道，此時燈油已漸漸燒盡。

她記得那一夜的那段時刻與他說話的熱烈口吻。「妳能想像嗎？有個土耳其人在甲板上第一眼看到自由女神，立刻失聲痛哭。我也一樣。妳的感覺會和那個土耳其人一模一樣。」在那一刻已能清楚認知，燈油是撐不到天亮了。既然明白不會再有其他夜晚，還怎麼可能持續下去？沒錯，我們只有一晚，就是下雨的那一晚，因爲知道再不可能有這樣的夜晚，使得我們不敢眞切體驗。但是今晚和那一晚相似得有如同一晚，閉鎖在日落與日出之間。閒置在這當中的漫漫長日，誰又在乎呢？

6

一如當日，華特手提著鞋子到來，深色西裝外面套著淺色雨衣。他進入房間，但沒有關門、沒有穿上鞋子、沒有點燈，也沒有坐下。他文風不動站在門邊，彷彿有些膽怯。其實沒有必要，他來請求原諒，但他根本無須爲自己辯白。一點都不需要。他從科連特斯．德．阿雷納郵寄來的物品可能正是她想要的東西，更添機緣之巧。他無須再說同樣的話，也無須站在那裡不動。華特是來重述自己寫過的話：我將這條軍毯留給姪女，作為唯一的贈與。那往前傾斜的字跡分明是他親筆所寫，名片右上角還畫了一隻小小的鳥。

不，那不是圖畫，是素描、是戳印、是一種印記，是一隻鳥的基本輪廓。是一隻候鳥的簡圖，也許是長腳鷸和北極燕鷗的混種鳥，也許是根本不存在的鳥。卡片塞在毯子的摺縫中。他寄給她的是一條舊日軍毯，兩公尺見方，質地粗糙，有褐色滾邊。倘若不是他寄的，這些根本無關緊要，更何況毯子乾乾淨淨、維護得宜，某一角還能看見第十六步兵團的徽章。上頭寫道，這條毯子歸屬於一九四五年的新兵編號六八七，汽車駕駛，姓名：華特·葛蘿麗雅·狄亞斯。他的口哨、他的步態、他常畫的一些動物在部隊裡是出了名的，華特大兵的名號也眾所周知。她就在這天上午收到毯子，並攤開在這個房間的地板上。但誠如我所說，他在卡片上小心翼翼地寫了短信，就像他脫下鞋子上樓，進入女兒安睡的房間時，也是同樣謹小慎微。

再說了，那天晚上，雖然毯子不見蹤影，卻還是存在的。當庫斯多喬的腳步聲一消失，火焰再度竄高，雨聲淅瀝下著，他便開口說：「我真不敢想他們都跟妳說了我什麼！」他笑了笑，他老是在笑。「我打賭他們一定告訴妳說我是個浪蕩子、是個小兵，還說我常常躺在一條毯子上就開始畫起鳥來。我不敢去想他們是怎麼說那條毯子和那些鳥……他們八成把我形容成一個騙子、一個環遊四海的人、一個愛冒險的人。我敢說他們一定讓妳對我留下壞印象。他們都說了些什麼？」喜悅之情一度從他臉上消失，頓時一股熊熊怒火中燒，雙眼逐漸變得黯然。「告訴我他們都說了什麼。老實告訴我……」

但她也不知道他們說了什麼，因爲她總會將聽來的一切加以變造，無論華特多麼堅持，也無論她多想回應他的堅持，她都無法解釋，因爲她從未想過別人對她說的話與她聽到的話之間有何差異。而就算她能扼要簡述自己所知道的，儘管少之又少，也沒時間了，因爲燈油漸漸燃燒殆盡，玻璃罩開始變暗。她能說的無非就是她只會將他與好事聯想在一起，而這趟夜訪太過匆促，沒有時間讓她把自己收存起來的好事一一道出；這些都只是空口白話，在大雨強力監控的那一刻並不相宜。其實連提都不值一提。華特就近在咫尺，何必浪費時間去說——打個比方——她一直都知道瑪莉亞·艾瑪嫁給了兩個男人，也知道范西斯科是她的雙重祖父。又何必去說她早就察覺到一種曖昧、一種複製，察覺到一個雙重實體在生命起始之前的某一刻便已融合爲一。

她早已心知肚明，她的三個兄弟，瑪莉亞·艾瑪與庫斯多喬的三個孩子，並不是她的親手足。她知道這些兄弟也是她的堂兄弟，同一條血脈連結了他們，也區隔了他們。她還知道她所有的身分證件都是謊言，但她與那個謊言串通一氣，因爲從曖昧中生出的事件是那麼溫暖而豐饒，有如從事實衍生而來，就好像豐饒與喜樂的萌生並非沿著眞與假的筆直堤岸，而是在截然不同的土壤中。她還記得一些難以忘懷的美好時刻都與隱瞞及撒謊有關，例如阿德黎娜·狄亞斯的丈夫費南岱斯，第一次教她寫字母Ｗ的時候。

她對他已無印象，只記得他當電工學徒的手，以及靠在她肩膀旁的聲音說：「寫兩個Ｖ，頂端對齊相連，這樣就對了。」費南岱斯低低的嗓音，費南岱斯流利寫出的Ｗ。「現在妳自己寫出Walter Glória Dias（華特·葛蘿麗雅·狄亞斯）。」當時他已先將這個字母寫在一張白紙上。那是個晴朗的好日子，午後炎熱，孩子們被分派了任務，拿著長竿將雞群趕出院子。就在那天下午，雞群跑進花壇，把花給挖了起來，雞糞撒得到處都是，但儘管如此，畫這兩個Ｖ的樂趣絲毫未減，它們看起來好像一個倒栽蔥漂浮的Ｍ，也像兩個豎起翅膀飛翔的Ｖ。在葡萄牙慣用的二十三個字母之外，華特的女兒學會了第二十四個字母，但她不能說，費南岱斯的聲音讓她說不出口。「寫一個Ｗ，Ｗ代表Walter（華特），也代表

watt（瓦特），我們在學電力學的時候有學到。」他這麼說道，可是他並不屬於這個瓦馬雷斯宅院。在第一波招募新兵時，他便離開了，將這個祕密字母永遠留給了她。

如果有時間，如果那晚能有充分的時間供她支配，她便能解釋這一切，甚至能表現得可圈可點。只要概略講述一連串的故事與寓言，一開始也許就先來幾句《伊里亞德》的詩文：「去吧，險惡之夢，去往亞該亞人的快船。進入阿特柔斯之子亞格曼儂的營帳，將我的話原原本本傳達，細節絲毫不得遺漏，去吧。」她原想大聲地說給華特聽，但由於時間一點一滴流逝，使她無法吟誦或是概述她無法吟誦的詩句，他也只得一問再問，始終得不到回答。「告訴我他們跟妳說了什麼，告訴我關於我們倆妳知道些什麼！」然後將燈舉到肩膀高處，又說：「有太多東西我從來沒能給妳！」華特穿著淺色雨衣，肩膀與前襟都溼答答，這證明了他不能待下，我們沒時間了。

7

但一個小時或者只是短短幾分鐘前，華特已開始許諾，雖然多數聲音太低聽不清，卻不重要。華特當天晚上許下的承諾讓人難忘，儘管雨水重重打落屋瓦，使得他的話語幾乎模糊難辨，卻也賦予了一種音樂節奏。在此同時，華特眼中與唇上的承諾產生出多彩而快速的影像。不過，他實在無須說：「天哪，有太多東西我從來沒能給妳！」還不斷地承諾這個、承諾那個。誠如我所說，她聽見的是他的話語而不是承諾，因爲她對他做的承諾不感興趣。他在說些什麼，她並不在意，就好像藏在那雨衣底下的胸腔裡頭有個箱子，不斷放送出那些奇怪語句：

「我虧欠妳太多了！」

爲了安慰他，憑靠在床頭板的她眞想拖著身子，走到書桌抽屜前，把收在裡面所有他畫的素描拿出來翻一翻，讓他親眼看看，以前從未許過承諾的他已給了她多少。華特對她何來虧欠呢？她房裡可是有華特的「群鳥畫集」，她是他全部作品的唯一所有人，而且這些作品在她仔細看管下不斷增加。華特並不知道畫作的流轉過程，每次他都是寄給哥哥庫斯多喬，像是特意送給他，但其實那是給瑪莉亞·艾瑪的。等瑪莉亞·艾瑪一一研究透徹後丟棄，畫便到了華特女兒手裡。畫集作品增加得緩慢、不規律、有耐性，猶如樹的成長，猶如經過長久等待的果實慢慢發育成熟。那天晚上她應該這麼對華特說，以阻止他不停做出承諾。她寧可他雙唇緊閉不動、安安靜靜，讓她得以凝視他唇間的沉默，啞然如他溼透的雨衣表面。在設法讓他上樓來以前，她原本想像自己會這麼做，不料卻做不到。

她很想告訴他，瓦馬雷斯的郵差會騎著腳踏車，不時送來華特寄給大哥的信，而他父親范西斯科會坐在栗木桌旁說道：「啊，漂泊的遊子來信了！唸給我們聽聽。」偶爾，會有某個兄弟專心聆聽信的開頭，但圍坐在桌旁的人，絕大多數要不是自顧自地忙就是自顧自地吃東西，沒有人認真在聽。庫斯多喬只唸給父親聽，一聽到值得揶揄或生氣的句子，父親便會重覆一遍。庫斯多喬唸完後，才將信與每回隨信附上的一幅鳥圖交給妻子。

是的，我親眼目睹了瑪莉亞·艾瑪總是倚在窗邊讀信、細細看畫，收藏一陣子之後又還給名義上的收件人，後者則會將信置於走廊寫字桌上堆疊的其他信件上頭。慢慢地，那些畫在封套裡累積成鬆鬆垮垮的一大疊，兄弟們都說那是她的「群鳥畫集」。她會站在寫字桌旁仔細研究那些畫。有印度的布穀鳥、莫三比克的朱鷺、西印度群島的蜂鳥和拉不拉多的鵝，大家都看得到，但那都只專屬於她一人。這是個習慣成自然的權利，誰也沒有明明白白這樣說過，但人人都能翻閱的那本畫冊就是她的。儘管其他每個人都會去碰，她卻覺得自己才是華特畫作眞正的繼承人。她等待著、遠遠地看著，趁四下無人時翻看、複製、攜至安全的他處，稍後再偷偷放回該放的位置，不讓任何人看見。她將畫紙一張一張放回封套裡，到最後整本畫集變得那般熟悉，就好像那些鳥圖本來就注定要結合成冊。從前寄畫來的人是華特，而那個雨夜裡，畫就放在她垂手可得之處。那麼他怎能一再地說自己從來沒給過她什麼呢？

所以說，要不是簷槽腐朽、石瓦扭曲變形，要不是哀戚的雨聲時而平靜、時而狂烈，她就會打開書桌抽屜，讓他看看她是多麼小心地照顧這些鳥，那麼他也會明白，爲何在讀到他唇間吐出的無數承諾時，她會如此驚訝。那個夜晚，她純粹憑藉念力召他前來，他既已順從地拎著鞋子出現在她房裡，哪還需要什麼承諾呢？「拜託，不要說話，不要動。聽著就好！」他這麼說。

不，他無須請求她原諒，這不是她召喚他來的原因。她擁有的太多了，所有她能希冀的都已有了。倘若那一晚能重來，她會告訴他，她還記得他從印度回來的情形，以及她如何保留那番景象。那是一部遠比《藍天使》和《安娜．卡列尼娜》更爲重要的影片，遠比她看過的任何電影都要重要，那是華特．狄亞斯的影片。她很想告訴他，她十五歲了，但她隨時隨地都能看華特的影片，他總是會出現，就像現在，就像當時，而且這影片是無形的遺留物，別人看不見，在她眼裡卻眞眞確確。除非她做出選擇，否則影片裡無人來去。這是關於華特回家的影片。

她希望能向他解釋，他返回瓦馬雷斯的情景是如何遺留在她心中。當時宅子裡還住著那一大群後來逃離的耕作者，狄亞斯兄弟們還住在家裡——她想像著那一個個模糊、安靜、神情緊繃的身影，或是跳上木車，或是圍坐在桌旁——而對她來說，屋裡某些角落也都有華特的存在。她腦海中留下一些影像：他的身影在磚地上踱步，走到前面、走到後面、走到桌邊，與其他人同坐，以及稍後獨自坐上雙輪馬車。那來來回回、站立、走動的動作遺留在她心裡，沒有確實的敘述，卻一再反覆、縈繞不去。當華特摸黑上樓，舉起油燈走向女兒的那一夜，她將這一切都記錄成了影片。當時他一開口就說：「別叫！別動！」

8

不，她不會動，她會繼續靠在床頭板上，但她很想謝謝他在一九五一年從大前門進來，進到他的兄長們、他的姊姊與兄嫂的房子，進到瑪莉亞．艾瑪與華特喚為姪女的小女兒住的房子。他穿著卡其服，一口白牙、一頭長捲髮，被果阿的太陽與旅程曬得一身黝黑，走進父親家門，就如同一個放假的軍人。

這名小兵已經成為軍需官，在繞過好望角、看過大半個世界後，如今回家來了。幾條狗蹦跳著迎上前去。家人也在等他，但反應不像狗那麼熱烈。已嫁給庫斯多喬的瑪莉亞．艾瑪坐在餐桌另一頭，他女兒八成也在附近。那是范西斯科滿懷希望的時期，是鄉間最忙碌的時候。他們正倉促吃著午餐，儘管狗兒興高采烈，但在看似艱困嚴苛狀態中創立的家業裡，華特顯然置身事外。就連華特想必也領悟到自己不該回來，他已經不屬於這裡。兄弟們做著田裡的苦活，對於他談論的海鳥一無所知。范西斯科的田地把一群兒子變成刻薄、保守的人，就像他們結痂的手掌一樣麻木無感。華特都還沒打開行李箱，就知道自己礙手礙腳，知道大家都希望他再次離開。但何必心急或不友善呢？華特想離開的時候就會離開，從他臉上的表情看得出來。她正是因爲那張臉的影像不斷擴大，遮蔽了其他一切，而想感謝他，偏卻說不出口。

一九五一年，華特全身上下穿著卡其服，在瓦馬雷斯的宅子裡走來走去，像個在叢林探險的人，並將三年前，他爲第十六步兵團司令官效勞後獲贈的裝備拿出來給大夥瞧瞧。兄弟們的盤子都推到一旁，餐桌上，除了依法屬於他的靴子、圍巾、制服與帽子之外，華特還放了一件厚大衣和一條本該繳回的寬腰帶，甚至有一把手槍。一把史密斯手槍，是團長送給他防身用的。他用一根指頭旋轉手槍，然後笑著把槍放到桌上。其實這些原本都不重要，只要華特叫姊姊阿德黎娜，甚或亞麗珊迪娜，在屋裡找個特別的地方存放他的裝備就好了。偏偏他找的是嫂嫂。「找個好地方，一個特別的地方，好嗎？」他這麼對瑪莉亞・艾瑪說。所有兄弟都直挺挺地坐在桌旁，表情嚴肅得像是和耶穌一起用餐，只不過在場的沒有耶穌，只有叛徒。阿德黎娜高喊道：「爸，你快來！華特當著大家的面在和瑪莉亞・艾瑪調情！」至少這是一九五一年那部影片的內容。

隨後眾兄長與姊姊——除了庫斯多喬、瑪莉亞・艾瑪和那個小女孩之外——問華特有沒有錢可以離開瓦馬雷斯，要是沒有，問題恐怕就大了。范西斯科這群孩子的思考能力，緊緊蜷裹在腦殼裡頭，偶爾才以驚人的密集程度展現出來。因爲他們的論據既繁複又晦澀。「如果非得做出犧牲才能換得些許平靜，那就這麼做吧。」是的，他們已準備做出重大犧牲。每個兄弟願意從褲袋裡掏出自己存的一千埃斯庫多，乘以七的話，應該就足以把么弟送到海角天邊去了。他們暗自心算，只動用到一丁點的思考力。好，大夥都同意。

不過回憶並未到此結束——華特將右手放在黃色外套的口袋上，拍了拍，又摸了摸，然後從裡頭掏出一綑鈔票，攤開來，在餐盤之間一張一張數著，堆疊在餐桌中央，一面說他不需要他們的錢或是他們的獵犬，說他回家只是爲了安置制服，因爲他只有一個願望，就是再次離家。他邊說邊笑，老是在笑。他的兄弟們哪知道什麼叫生活？在澳洲，一個優秀的卡車司機，只要不在乎冒險行駛沙漠道路，又會開荒原路華，光是一年賺的錢就比他們在瓦馬雷斯的窄小田畝耕耘一輩子賺得還多。他甚至不需要開進內陸，他知道怎麼在海岸邊賺錢。何況，旅行時可以看到各種不同的鳥，他這麼說。「鳥？爸，他說那些錢都是畫鳥賺的！」阿德黎娜大叫。「你眞的靠鳥賺了那麼多錢？」有個兄弟問道，至於是誰不重要，因爲他們全都坐在桌旁笑著。狄亞斯家族那一張張年輕、刻苦的臉，發出了道地鄉下人的笑聲，大夥笑到飆淚。是的，他們在笑。那是晚春的某一日，在瓦馬雷斯，不變的熱氣中裁剪出一幅影像：他、餐桌、一堆鈔票、他的兄弟姊妹在桌邊笑得前俯後仰。而桌上，那些物事依然分毫未動，它們後來都會成爲女兒有形繼承物的一部分。一九五一那一年，華特將軍毯捲起夾在腋下。阿德黎娜又大喊：

「爸，他一點都沒變，還是把毯子夾在胳肢窩底下！」

隨後華特便在擁擠不堪的屋裡信步晃蕩。誰也想不通一個軍需官兼畫鳥的人怎麼可能賺這麼多錢，除非是做了什麼見不得人的買賣。他們覺得華特的行事作爲多半很可疑，卻無法證明。後來，他們說他那條毯子用途廣泛，但都和畫鳥毫無關係。說完大夥兒都笑了。他們說他以前就老是這樣，主要是在瓦馬雷斯的時候，在「高貴帝王號」載他啓程先後前往倫敦與澳洲之前，澳洲大陸是那麼廣袤無邊，他不禁開始覺得受困，於是又搭上另一艘船循著大西洋原路返回。他們還說，某天下午，瑪莉亞・艾瑪給女兒穿上一件細剪孔繡兜裙。他們說華特想把瑪莉亞・艾瑪的女兒一起帶上雙輪馬車，但被其他家人阻止了。他們說有個正在鋤田的男人通知他們，說華特把孩子緊緊抱在腿上，準備帶她走。他們說馬車其實已經啓動，是范西斯科親自將孩子強搶下來。他們口沫橫飛地描述當時孩子如何在車轅間被拉扯著，范西斯科還一面大喊「停車，你這無賴，停車！」，吶喊聲響徹田野。可是我不記得了。我眞正記得的只有拍照時他將我抱起，我們倆頭靠著頭，除了年齡與體型的差距外，兩人一模一樣。

但我無法告訴他這些。

9

此外，在那個雨夜裡他說：「別叫，別動！」即使當承諾如滾滾洪水從他嘴裡不斷湧出，他也希望她有所回應，接受他的提議，她卻不發一語，像是被華特嘴唇的翕動催眠了。一再將一根未點燃的香菸舉到唇邊的華特，見她彷彿被釘在床頭板，動也不動，便拉起她的手，牽著她走過房間，來到唯一的鏡子前面。

「來，別怕。」他說。

那是一面長鏡，嵌在兩個高高的抽屜櫃之間，屬新藝術風，無論和衣櫃或是床都不搭。鏡子掛在兩道垂直渦形裝飾之間，角度正好能反射一盞油燈的光線。它從一九三〇年代存留下來，那怪異風格凍結在時空中，純粹是爲了能在那個雨夜倒映她和華特的身影。但照在他們臉上的火光並不均勻，因爲有風從屋瓦縫隙滲入，吹得火苗不停搖曳晃動。接著他說：「妳看，妳看！」一面貼近她，試圖將兩人都納入鏡框中。「妳看，妳看！」他提高嗓音說著，讓這個夜晚更危險，也讓她為他們所冒的風險感到內疚。但令人訝異的是，華特彷彿沒有意識到這是另一個時刻的再現。「天哪，我們竟然這麼像！」他說著，將燈舉得更近，渾然忘了他留給瑪莉亞·艾瑪的照片。不，應該說華特好像把他留給她的一切都忘了，因為他們後來用柯達相機，在龍舌蘭旁邊拍了照，裡面的人又小又模糊，活像沒有生命的雛鳥或是蟻群，但除了這些之外，只有一張照片最早拍攝也最眞實。然而那一夜，他似乎不記得了。「我們竟然這麼像！」他一再反覆地說。

那張照片如明信片般大小，略顯褐色，照片中的孩子坐在華特腿上，兩人都被一張高背椅的扶手護著，瑪莉亞·艾瑪總是將照片藏在沒有人會發現的地方。照片被她深藏在瓦馬雷斯的宅子裡，只偶爾會再次出現在瓷器間或床單被套的摺縫中，再不然就是塞在幾幅法蘭德斯畫作背後——那些畫用鐵絲掛在接近天花板的高度，斜斜地對著餐桌中央，彷彿作勢要朝我們砸下來。一九五〇年代期間，她會把照片藏在其中一幅畫後面，稍後再換到另一幅，又或是將畫本身移位。每到週六午後，她會將椅子平放到階梯上，爬上去，取出藏在斜掛畫作後面的照片，然後指著坐在叔叔腿上的她。「華特叔叔！」瑪莉亞・艾瑪會這麼說。於是孩子成了共犯，她知道這個祕密，知道在這群具侵略性的家人之間，照片不得不藏匿起來的地點。

10

然而，在那一夜眞正重要的不是瑪莉亞・艾瑪的隱藏或掩飾之舉，而是那張照片的存在，裡頭的華特大兵已不再身著軍服，而是穿著亞麻西裝，將孩子緊緊摟在懷裡。兩人都注視著擱在三角架上、活像水鳥肚子的相機，兩人都用同樣淺淡的眼眸凝視同一個定點。愛他們的人會說那是天使之眼，不愛他們的則說像貓眼。後來，阿德黎娜更形容爲獵豹眼。不過那些都是個人想像的形象，不重要。他們屬於哪個動物或天使族群，幾乎無關緊要。天使對於自己曾一度身爲野獸的夜晚，想必始終懷著一絲渴望，而野獸無疑也夢想著化身爲天使、有萬物可供獵捕的朗朗白晝。那種雙重的懷舊愁緒，無解。總之重要的是那兩雙屬於不明物種的眼睛正看著同一個方向，在華特到訪的那個雨夜前的數年間，她不時想像著拍照時他的身體與臉頰想必與她貼得很近，而且在某一刻——也或許更久一點，但至少是拍照所需的時間——她想必被他的男性香水味環繞，而他也沾染了她的乳臭氣息。這就是她想對華特說的話，在那個濃縮的夜晚，在鏡子前面，當某樣基本的東西一再重覆的時候，偏偏她想不出恰當的話語，時間也不夠，力有未逮。他們並肩站在那裡，他將燈火舉在溼答答的雨衣前，而身旁的她裹著床單。「拜託，看看眼前這幅景象！」他說著，將頭傾靠著她的頭，雨水從屋瓦間滴下，落在外面的石板地上，使得這次相逢成爲可能。十二年前，拍照當天的情景再次重現。是的，她知道眼前看見了什麼。

相片中的他們有著同樣的捲髮，頭貼靠在一起。她不知道他們最後怎會走進馬陀思相館，也不知道是怎麼去到法羅，更不記得馬車走過的路線或穿過田野的鐵道。她只記得火車站、站內的方格磁磚、站外高大的山毛櫸，以及他們下車後，火車鳴笛駛離、蒸氣在炎熱鄉間爆發開來的景象。事實上，她完全不知道他們是如何離開、如何返回、如何躲過范西斯科與他那一大群兒子的警戒。她猜想瑪莉亞·艾瑪一定也來了，肯定也跟著他們一起離開，他們三人就搭上馬車，沿著成熟麥田夾道的窄路逃離，之後才改搭火車。可是當他們倆站在狹長鏡子前，那一切都不重要，重要的是在一九五一年，有那麼一天，他們三人曾經在一起。

因此，當時他們倆注視的不是相機，而是和他們一起走的人——瑪莉亞・艾瑪・巴提斯塔。她站在相機旁邊（相機用黑布覆蓋，照相師也彎身躲在底下），期望他們做出某種永遠只能以影像存留的勇敢之舉。不過她不知道自己是眞切記得那一刻，或者是根據影像虛構出來。她知道自己還能感覺到當華特抱她坐在腿上、相機拍下第一張照片時，他臉頰的觸感。他二人被留在那短暫的燦爛中，剎那間輕敲開永恆的大門。可以確定的是，即使那道閃光是暴風雨的雷電，他們也會永遠在一起。這便是那個雨夜，當照片的部分景象重現在鏡中時，她想說卻說不出口的話。

可是今晚，雖然華特終將硬生生移開凝視地板的目光，在這個房裡信步走動，就像走在堤岸上，空蕩蕩的堤岸上，但她不得不說，日後當她必須面對瘋狗、緊閉的門扉、數學之謎、屋宅的幽暗、她的第一次性體驗或《伊里亞德》的詮釋時，正是那張照片的影像保護了她。當黑夜遠處有人呼喚她，儘管無人等候，她仍朝著呼喚聲而去。她甘冒那番危險，昂然挑戰虛空陡坡之間洞開的山隘。那個影像、那張華特的照片保護著她，有人向她短暫出示過的那張照片，在月曆與湯盅之間，用牛皮紙包著，藏在箱底與畫作背後。後來，許久許久之後，當庫斯多喬知道華特再也不會回來，她記得看到照片放在銀器之間。那個時候，美國人已經奔向月球，她年屆二十，屢屢在沙丘與車廂座位等等不同處所安枕熟睡。換句話說，她已正式成為華特大兵的女兒。但那一切都發生在那個雨夜許久之後。

11

「妳凍僵了！」他說著帶她回到床邊，讓全身依然裹著床單的她坐到床上。「好了，跟我說說妳的事情。妳都做些什麼？」

華特在手中油燈照亮下，走到她的書桌前，一面問她有沒有畫畫的天分。他隨手翻著筆記本，將一落落堆疊的書打散，然後轉向她，滿意地說：「至少我們的字跡相似。」接著他走向衣櫥，打開來，慢慢翻動她的衣服，雖然油燈的光幾乎照不見那麼遠。她看見他在那裡，身上穿著淡色雨衣，她知道雨衣已被淋得溼透，他卻沒有脫下。她眞希望他能脫掉雨衣，哪怕只是一下子也好，免得讓人覺得他雖然人在那裡，但其實正要動身前往他處。然而她就是無法開口提出任何要求。他關上衣櫥，噪音大得出乎意外，當時已轉弱的雨勢使他的腳步聲再度清晰可聞。而且，當他從衣櫥走回來，雙眼色澤似乎變得更淡，她突然想到他再也不會費心地放輕腳步。有一度，她以爲他會製造不像話的噪音，會用什麼叛逆的舉動或聲響吵醒入睡的人，讓所有人全都下床來。如果華特不肯輕手輕腳，那麼睡在西廂房的人、孩子們、老祖父，還有工頭卜雷和他老婆亞麗珊迪娜，以及三頭騾子和幾隻雞和兔子，會全部從房舍或籠子匆匆跑來。要是這樣可就糟了，她連忙以手掩面，以免眞的發生這種事。不過他走了過來，坐在床尾，眼珠子又恢復原本的顏色，只餘眼皮和臉的其他部分紅紅的。「沒關係，還有時間。到了那邊，妳會有一個衣櫥專放妳的衣服，而且是截然不同的衣服。保暖的衣物，讓妳可以禦寒。去大學上課途中，妳會看到女生在丟雪球，她們的毛皮兜帽拉得低低蓋到鼻子上，幾乎看不到眼睛。」他說著再次露出微笑。

然而事實並非如此，我們沒有時間了。

何況，他自己也搖搖油燈，發現不可能還有太多時間，知道他很快就得再脫下鞋子下樓，像個從未存在過的幽靈般銷聲匿跡。「直到目前爲止，我從未給過妳什麼……」他又這麼說，同時將油燈放回梳妝台上，盡量不發出聲音。

油燈放回了原位。她也回到原來的位子，背靠著床頭板。那時她很想說：「等一下！」但說不出口。或許是因爲看起來簡簡單單、輕輕鬆鬆便能列舉出來，她想告訴他，關於他留贈給她最顯而易見的事物，她想說出自己直到十五歲，都是在他的軍用裝備陪伴下長大。因爲這樣他就會明白了。在華特・狄亞斯重新步下潮溼階梯前，她必須向他解釋，一個人穿戴過的破舊衣物與孔環便能構成那個人，而那個人也能因此留在屋裡提供陪伴與保護，直到被某種力量或某個人給破壞，但即便如此，還是能留下一些基本的部分。所以他可以進到她房間，放聲大笑，隨意而坐，不需要再給她任何東西。相反地，她才是對他有所虧欠的人。

12

沒錯，在那次會晤化爲烏有之前，最重要的是她得告訴他：他的制服就收藏在她臥室的衣櫥內。幾經混亂與偶然的環境變換，它最後正巧被放進了這個房間，此時在這個大到足以當客廳的房間裡，那個衣櫥就歪斜地靠在最遠的牆邊。她本該將所有物品一一列出：背包、靴子、綁腿、制服、大衣、帽子、水壺、圍巾與腰帶，這一切就等同於有一個完整的華特在衣櫥裡面。尤其是制服與帽子持續掛在黑暗中，彷彿有個人日以繼夜地等待訪客到來。女兒的臥榻離制服僅僅數公尺，中間隔著一道晦暗的門。不過他女兒知道鑰匙的所在與用途。她常常將鑰匙插入鑰匙孔，轉一下，士兵的身軀隨即出現。她推測自己的身高恐怕還不到大衣袖子的長度，還會爬進衣櫥靠著袖子比量。誠如我所說，女兒經常去看這些掛在衣櫥裡的衣服，直到有一天，也不知是怎麼回事，竟然長了蛀蟲。一支豺狼般的蠹蛾大軍突如其來地進駐，如飢似渴地蛀蝕衣物。亞麗珊迪娜發現時，蛀蟲已經築了窩，進而導致宅子其他地方的衣物也慘遭大量幼蟲蹂躪，於是大衣、制服與帽子被搬到外面院子，像罪證似地埋在枇杷樹下。「好好埋，埋深一點！」亞麗珊迪娜這麼說，卜雷也就愈挖愈深，好像那制服是一隻有血有肉、會腐爛的動物。瑪莉亞・艾瑪也在現場，並任由他們以土覆蓋軍服。事後很長一段時間，女兒都還會聽見鐵鍬重重打落在布料上，在布料實體上的聲音，而瑪莉亞・艾瑪始終不發一語。隨後，他們收拾取走了華特留給她的其他東西。

「等一下！」她想這麼說。

接下來的數年間，他們任由時光漸漸消逝，讓那些物事化爲零碎散布在地面上，被土地吸收，最後染上與土壤相同的顏色與質地。但她想告訴他，有些東西並未消失，只是不再有實體或重量，而是變成回憶。它們變成無形的流體，進出那人無形的軀體，被血液循環與記憶洞穴所吸收，停駐在那生命深處，堅韌地與生命共存，因此那天晚上，他只需舉著油燈，照亮穿著睡衣、裹著床單的女兒身體，以確認那些物事依然活在她腦海中。她無言可喻，默默地將那些遺留給她的東西收藏起來，保存得完好無瑕，宛如金字塔內的甲蟲。假如華特將燈舉到她的頭部，就會看見她腦袋裡保存了他的黑色綁腿、搪瓷水壺、白色圍巾、褐色背包、灰色法蘭絨軍服與袖子很長的羊毛大衣。這些是她原本想對他說的。

華特一下子把油燈放在床頭櫃上，一下子又舉高到她頭旁邊，好像怎麼看她都覺得靠得不夠近，也好像想放火燒掉眼前所見。當時她本該告訴他，她目睹那一部分贈與物被毀時，並非無動於衷，而是無能爲力，就像有些人知道大地總是迫不及待想讓她衍生的萬物長眠地下而心中無奈。這一點年幼的孩童明白，一如他們看待生與死的透徹。只是後來忘記了。打從華特的背包與土塚遠端牆邊的草合而爲一，她就知道這一點，而她透過華特的所有物獲此體悟的事實，則將她與另一塊土地連結在一起，但她知道那方色澤陌生的土地正仁慈而平和地等待她徹底安歇。這一切，她都是從華特四散的所有物得知的。她想告訴他，好讓他別再承諾什麼花費、什麼存款與投資，什麼充滿榮耀的地方，會看見有人戴著帶穗方帽，就像貓頭鷹博士小雕像戴的那種，也別再承諾什麼自由世界的自由職業。但她，單純憑藉念力引領他前來的她，舌頭偏偏動彈不得，說不出隻字片語。此時，滂沱大雨已過，細雨輕飄，華特這才發覺油燈恐怕對他們不利。

「妳聽！」他邊說邊將火焰轉到最小。

13

他們聽見西廂房的關門聲，聽見黑暗中傳出不對稱的腳步聲，緩緩的，明白無誤，猶如一對翅膀在地上拖行，一邊羽翼較豐較厚重，難以離地，另一邊較瘦小輕盈，有節奏地鼓動著，宛如手錶、宛如機械裝置、宛如鬧鐘。規律的腳步聲逐漸接近，在樓梯平台邊停下。接著是驚恐的聲音說道：「有人在樓上嗎？」然後開始上樓，一步，接著又一步，兩隻腳站在同一階。這時手電筒光束從門下掃過地板，在接下來的漫長時刻裡，華特用兩手遮起油燈火光，狐疑的氛圍彷彿漫無止境，好不容易庫斯多喬才又踩著沉重、不對稱、規律的腳步，重新緩緩下樓，下了樓梯後，篤篤、篤篤地沿著走廊走向西廂房。是的，瑪莉亞・艾瑪就在那兒熟睡著。而這裡，因爲空氣潮溼、因爲燒著煤油、因爲華特的女兒知道自己僅僅憑靠念力便生出這些事端，她裹在身上的床單愈發黏膩不爽，但她也同時想起藏在床墊間的那樣東西，不知該如何處理，也不知該交給誰。她心想應該拿給華特看，讓他明白他可以放心離開，隨著方才的腳步聲消失在走廊彼端，無須擔憂，因爲什麼事情都影響不了她，即使身在最遙遠的地方，她也總能安全無虞，所以她不需要他在身邊，不需要他爲她冒任何風險。這麼想的同時，她幾乎像夢遊一般，將頭與身體鑽進兩片床墊之間，拿出一樣暗色金屬物，放到華特的油燈前面。

華特已再次將燈火調亮，驚詫地看著女兒拿在手裡的物件，有一度他當然會覺得她在瞄準他，因爲那畢竟是一把槍。就是那把史密斯手槍。

但事實並非如此，她不是在瞄準他。

她只想讓他知道他可以離開，可以平靜而問心無愧地離開，如此而已。爲了讓他瞧瞧她受到多麼完善的保護，她打開槍膛，開始往旋轉彈膛裡塞入一些金屬物，殊不知卻發覺這個反覆的動作讓自己看起來想必愚蠢可笑，或甚至可悲，就像喜劇演員丹尼．凱在電影中演的一幕。就在那個當下，華特抓住女兒的手腕，取走手槍。「別傻了，把槍給我！」聲音大得太不明智，而剩下的燈油燃著綠色火焰，也亮得太不明智，因爲明知宅子裡至少有一個人，一個跛腳男人還醒著。她一而再、再而三地將擊錘扳下、放回，就是爲了讓他明白她什麼也不怕、誰也不怕，因爲就在這天晚上，她已經設法讓誕生與訣別同時發生，恰似動物學書裡昆蟲章節中蜉蝣屬描述的蜉蝣。隨後他將她的手臂放低。

「老天爺，我們都對妳做了些什麼呀？」他的口氣稍稍平靜了些，眼神卻轉趨晦暗。然而，可能是因爲她取出手槍的決定，也可能因爲屋內開始有雨滴大聲落下，意味著保護他們的雨幕已出現瓦解跡象，總之華特開口說道：「好了，冷靜點，我們都好好冷靜下來。我們會離開這裡遠遠的，一切都會變好。把那東西放到妳發現它的地方，快點。」他叫她躺下，爲她蓋上毛毯，輕撫她的頭髮，這是她生平的第一次、唯一一次，也是最後一次。然後他脫下鞋子，熄滅燈火，起步下樓。一如她所想像，一如她所希望，一如她自製影片中的他；他瞞著所有人悄悄來看她，以免有人傷感或傷心。「等一下！」她想這麼說。

華特・狄亞斯可以安安靜靜下樓，像貼著牆無聲無息移動的幽靈。這回他故意讓她留下手槍。一九五一年離家搭上「高貴帝王號」的他，忘了把槍帶走，這把槍便成了最重要的一件物事。那麼些年來，雖然有人碰觸過，卻無人眞正看見，使它成爲存在這屋裡的無形空間與物品的一部分。沒有人提起過，似乎也沒有人重視過，除了華特的女兒之外。

是的，當時候在瓦馬雷斯這棟宅子裡，有些房間只擺放著家具，又高大又陰暗，彷彿來自另一個星球。這屋宅原是蓋給一大家子人住的，所以沒有單人床。你直接就從蟬翼紗籠罩裝飾的搖籃，換到有如船隻甲板的床，孩子們睡在這種床上總是噩夢連連。他們會夢見自己無助地往下墜，迷失在水空之間，在另一片大海與另一片土地之間，誰也救不了他們，於是他們大聲哭喊，相信總能在某個地方得到確實的救贖，找到安全的避風港。他們會大聲哭喊好讓人聽見。但她從來不需要大聲呼喊，因爲她始終有個安全處所，與一樣可以自我保護的東西。她知道它就躺在乾草床墊和羊毛床墊之間，那把曾經屬於華特大兵的史密斯手槍。華特的女兒會蜷起身子躺在手槍上面，凝視著黑暗，絲毫無懼於四周駭人的漆黑。

14

因爲黑暗是一頭生物。

黑暗從鐵路線附近起身，然後前進、繞圈、逐步靠近，悄悄來到華特女兒身旁，像一隻潛行的狼拂掠過她的身體，朝她的身體吐出發臭的氣息。置身於床中央，那同一張床，被衝擊著大海邊緣的浩瀚夜色團團包圍的她，會文風不動地坐著，等待黑暗張嘴，用那臭不可當的舌頭舔舐她並吞噬她，從頭開始。蜷縮在床中央的華特女兒會獻上自己的首級，但她這麼做只是想看看華特的手槍會不會出聲對抗黑暗的惡勢力。槍就壓在她身子底下，夾在兩片床墊中間，她感覺得到。黑夜這頭生物看見了槍在她身體底下閃閃發光。這頭邪惡生物有X光般的視力，它知道那股消滅黑暗與邪惡的力量何在，而找上華特女兒的那隻惡劣暗夜生物知道，它只要碰到她的頭，立刻會被她父親的手槍殲滅。然後，在黑暗中，華特的女兒會收起雙腿坐起來，那把沉重的金屬手槍則會自動採取行動。手槍會轉向環繞著她的野獸，隨後野獸會跳過被海鹽侵蝕的宅院圍牆，發出不可思議的靜默呼嘯，消失在遠方，在那很遠、很遠，激起白色碎浪的岸邊。女兒會盤繞在藏槍的地方，她會像線團一樣捲起，像隻小看門狗一樣，抱守著華特大兵所留下、所遺忘的力量泉源。「等一下！」她想這麼說，她本可這麼說。

她本可告訴他，范西斯科·狄亞斯家曾有過子孫滿堂的時候，在裡頭辛勞度日的有六個兒子與三個媳婦、一個女兒、一個女婿和三名孫子——瑪莉亞·艾瑪與庫斯多喬的女兒和較大的兩個兒子。還有一個女傭、她丈夫、他們各自的小孩，和五、六個臨時工。天亮前工人得來報到，否則就解雇。那些年當中，一大清早就得分配工作、口糧、食物與秣草，接著大夥會完全依從牲畜的需求與來回走動，不停地來來回回，因爲牲畜和人很像，會鬧情緒、會耍詭計、會突然誤入歧路，一旦發生這種情形，范西斯科的兒子們便會吼罵牲畜、互相吵起架來。然而，在即將分道揚鑣之際，除了這些衝突以外，他們兄弟相處多半沉默寡言。不過在范西斯科看來，他們是最團結的一家人，他認爲他們家是個堅強的企業，是個以類似州府形式創立的生產單位，他治家幾乎就像個錙銖必較的節儉州長，以節約、經濟與生產爲名，以一個嚴肅、守財、團結且不可分割的未來爲名，努力至今只有一名逃兵，就是華特。

范西斯科領導的生產單位會在天亮前兩個小時起床。就像在一個帝國裡，皇帝的耳目遍布各地，皇帝的精力會透過那氣氛本身傳播開來。他們家也一樣，范西斯科一起床，全家就跟著起床。「起床了！」他會大聲咆哮，他會穿著襯衫站在陰暗院子裡，洗完臉將銅盆拽到石板地上，就連在閣樓上都聽得見，然後踩著釘了平頭釘的靴子在屋裡大步走來走去。這時候小公雞也會開始啼叫，該開始幹活了。在屋宅入口處，世界地圖對面，有一張明信片，是一隻小公雞對著燦爛的黎明引吭高啼。在一九五三年那些冬日清晨，一切能被喚醒的都被喚醒了。

15

華特的女兒跟著其他家人一起醒來，不過她要忙其他事情。

她會赤腳跳下床，把頭和身子鑽進床墊間，小心地爬進去，盡可能伸直了手臂直到可以碰觸並抓到槍。槍用一條沾有鐵鏽的布包著，旁邊放了三樣沉沉的黃色物品，是三顆金屬橡實、三個金黃色墜飾。她總會細細檢視。那些是子彈。由於在屋裡聲響會變大，她便將手槍放在一邊，子彈放在另一邊。子彈的排列方式有時呈弧形，有時呈直線，有時是二加一的組合，有時讓尖尖的彈頭全部朝內或全部朝外，有時則三個全放在一起。她會拿起槍來，即使用雙手握著還是沉甸甸的，這是個不可侵犯的物件，沒有入口也沒有出口。直到某日，它不再不可侵犯。突然間，槍的某個部位動了，從槍背晃了開來，這槍有耳朵、尾巴、嘴巴，可以開闔。武器的核心有四個孔洞，可以放進子彈。華特的女兒將子彈一個一個推進去，要拿出來的話，橡實就得逆著走，因爲她不想讓它們待在裡頭。後來有一天早上，她把子彈留在裡面。沒有關係。如果把這裝置倒轉過來，一定可以讓子彈從嘴巴出來，但萬一眞有一顆跑出來，那就是開槍了，就像射死山鶉、射傷老狗或路上的盜賊一樣。這就是槍的用途。否則，就算凶狠的黑夜生物發現床墊間藏著槍，又有什麼理由害怕。她得扣扳機，瞄準某個表面。臥室牆壁不夠有生氣，不過她可以下樓，對某個活人用槍。

誰呢？在一九五四年那些個寒冷清晨，華特的女兒選擇了瑪莉亞．艾瑪。還穿著睡袍在走廊中央的她，胸口正上方V領開口處會挨上一槍，她會像老狗和山鶉一樣渾身是血，大聲號叫，睡袍前襟倏然敞開。接著會陸續傳來庫斯多喬的呼喊聲，喬瓦金．狄亞斯、馬紐埃．狄亞斯與兩人妻子的呼喊聲，另外三個狄亞斯家的孩子、范西斯科，以及當時還在屋外的工人們的呼喊聲，所有人會從四面八方湧向華特的女兒去懲罰她，而瑪莉亞．艾瑪會從椅子上起身，毫髮無傷、無法侵犯、堅不可摧，身上依然披著那件大黃玫瑰圖案的灰色睡袍。永生不死，像卡通人物一樣。

接著，坐在床上的華特女兒會將槍口轉向庫斯多喬，他正一跛一跛走向等著上軛拉車的牲口。當聽見他走在小徑上，留下與在院子裡勞動的眾兄弟不同、規律卻不對稱的腳步聲，她就會開槍。但他也不會有事。她會從床上聽見砰然一聲，看見一縷鮮血，看見他倒在地上，所有人都趕來救他，但其實他已經獲救，而且那些拖著犁和長柄叉的男人會七嘴八舌斥責華特的女兒。儘管庫斯多喬還安然活著，被他那群救星團團圍住，他們還是會看著她，會用刺棒、長柄叉和長竿對她指指點點。她那幾個好像隨時都在睡覺的弟弟也是一樣。她可以走到搖籃邊，將金屬橡實射進他們白皙的肚皮。他們的尿布會被染紅，紅得像石榴汁，像明信片裡飄揚在那隻小公雞旁的旗子邊緣，像她自己跌倒時的傷口。她的金黃色橡實會讓弟弟們一命嗚呼。可是她都還未能傷及一根毛髮，他們就會被一群人圍起，這群人並不相愛，但面對任何危險總能團結一致，所以沒有人動得了、傷得了或殺得了他們。所以她總是想想而已。

但是假如華特的女兒把槍口轉向自己，對準自己的胸口和肚腹，不會有人來，不會有人趕來抱起倒地的她，沒有這個必要。她不會感受到疼痛，不會流血，那金黃花苞離開槍口後，會像一朵默默綻放的火紅康乃馨在她頭顱內爆開，只是沒有火焰。華特的女兒會在床上躺下來或是蜷曲起來，重新入睡，並清楚意識到眾人在樓下忙忙碌碌，卻無人上樓，無人掛心她，就任由她處於一種不可思議的受忽略狀態。誰都不會關懷一下華特的女兒，她會像這樣一直側躺在溫暖、潮溼的臥榻波浪中，受到偌大而寧靜的房間保護，許久許久。平平靜靜、永恆持久，溫柔舒適得有如一片尿海在床墊上蔓延開來。可是冷卻之後，那灘水會將她扯離出來，她原本就知道人生沒有恆久不變的事，即便是在孤單早晨的那種幸福感也不例外。她會從床單底下拿出槍來。她還在想著，如果每一顆子彈都填進槍裡，一定也得出來。那灘水逐漸滲入、突破她的身體。坐在那第一百灘水旁邊，她用盡全身每一分力量掌握著手槍。她無法擊發的這柄武器日復一日在床墊間等待著，不料，就在她最意想不到的某一天，手槍忽然打開，呈上它金屬腹中的彈巢。她將子彈一一取出。這便是一九五四年那些冬日清晨，她房裡的情況。這便是她想告訴他的。

16

她經常想到瑪莉亞·艾瑪，想到庫斯多喬和范西斯科。他們知道她床墊底下有一把手槍嗎？知道那把槍日日夜夜藏在床墊間嗎？對，他們一定知道，但好像沒有人想到要去把槍找出來。也許他們是把它留在那裡當作禮物、暗示或挑戰，可能是爲了讓她或他們全部的人冒個險，也可能爲了製造缺漏、消失，製造一個令人眩惑又意想不到的改變。他們讓華特的手槍留在她身體底下，以便所有人都能冒那個險，這是存在每個家庭當中無可抑制的渴望，對悲劇的渴望。就好像不斷升高的緊張氣氛需要一個引爆裝置。肯定是顯而易見的。有那麼多人鋪過床、換過床單，床墊裡的羊毛經常更換，下層床墊的稻草也時常翻動。亞麗珊迪娜、瑪莉亞·艾瑪、阿德黎娜與姑嫂妯娌們都知道手槍與子彈的存在，那麼怎會沒人看見呢？

因此，華特來看她那一夜，子彈與手槍都在視線之外，而在那個雨夜，他想把槍拿走，想帶著槍離開，但她明白假如華特取走了槍，那麼一旦他消失就可能徹底消失了。他甚至對她說：「別傻了！」但她不能把槍還他。交還手槍恐怕就像交出他們倆生命之間的脆弱連繫。她可以返還那本鳥類畫冊、那張褐色照片、他的軍用裝備，或是當他從印度回家，發生在餐桌邊的那一幕，但手槍不行。那是她最珍貴的繼承物之一，因此當時的她無法放棄，哪怕對華特也不例外。

17

當庫斯多喬的腳步聲回到西廂房後消失，她很想做出這番解釋，可是當然做不到，而華特最終也體悟到女兒不可能放棄這把槍，這把他自己用過卻早已遺忘的槍，這把她從小就睡壓在身子底下以防萬一的槍。於是他說她可以把槍留下，想留多久都行。他這麼說是為了讓那一夜平和落幕，它也確實平和落幕了。「就算到了安大略，妳也可以留著它。就算當我送給妳我先前說的那個禮物也一樣，就是搭飛機到拉瓜迪亞機場，再搭船緩緩順著哈德遜河而下，來到自由女神像下方。不過我們會先到馬斯科卡區去聽潛鳥的笑聲，那種鳥咯咯笑的聲音，妳會喜歡的。但當然了，那玩意妳想保留多久都可以……」沒錯，她可以留下槍，華特理解，在那個雨夜裡，他什麼都理解。他甚至說他非常慚愧，不該拿她去交換印度、交換熱帶鳥類與其他候鳥、交換一隻鳥也看不見的漫漫旅程、交換黃金海浪、交換船隻航行時如壓艙物般的水沫。他們承諾他會循著蘇伊士運河而下，經由好望角回來，還說可能航行於莫穆高與喀拉蚩之間，等等、等等。他就是用她交換了這些旅程，好像再無其他目的地、再無其他海域，後來他後悔了。「他們跟妳說了什麼？」

時候不早了，正如她所期望，正如她懸在嘴邊卻未說出口的要求，他只穿著襪子靜悄悄下樓，身上依然是那件被雨打溼的淺色雨衣。但在此之前，誠如我所說，華特先輕撫她的髮絲，哄她入睡，然後才取下油燈的玻璃罩，將火吹熄。

18

但今晚他停在門外沒有進來，他沒有脫下鞋子，沒有反手將門關上，也沒有拿起燈來，就好像不希望自己的臉被看見，也好像沒來由地，再次來請求原諒。從來都是沒來由地，好像這正是命運想要證明的——因爲他的軍毯在各郵局間流浪了十個月，今天終於送抵聖巴斯弟盎・德・瓦馬雷斯。一開始著實令人不解，寄件人與收件人的地址都如此髒汙模糊，周圍還寫滿訊息，其中有些根本看不清，這樣一個包裹怎能寄得到。瑪莉亞・艾瑪喊來庫斯多喬，兩人站在那裡檢視包裹，然後她將廚房剪刀遞給他，再和他一起打開包裹，最後才將裡面的東西交給華特的女兒。她將毛毯鋪展在地上，暗暗希望他能再回來看她，那麼就能告訴他：她承繼了那個雨夜以及它所包含、銘刻在雨夜熔岩上的一切。所以這個男人在卡片上針對自己所寫的譏諷語句，實在太不公平：我將這條軍毯留給姪女，作為唯一的贈與。而現在他正慢慢靠近，沒和她說話，他不發一語，他無話可說。

再者，就算一九六三年那個晚上並不存在，華特的女兒也總會有足夠的東西來組構一份珍貴的贈與。她爲他打造的影像就是她獲得的贈與。當華特在樓梯平台開始動手脫鞋，她便已經認識他，她所知道關於他的一切都是好的，只不過她說不出口，他們會面那段時間，儘管他一再堅持，她仍然一言不發。「說啊，說點什麼，那怕是殘酷的話也好……」他最後這麼說道，同時幫她把被子塞好，並輕輕撫摸她的頭，那顆頭保留了她獵豹般的眼神，保留了她獲得的贈禮。那個雨夜裡，她已經知道人生並不單屬於擁有者，也屬於聽聞過這段人生經歷的人。她知道華特的人生不只是她的，還屬於許多人，因爲在瓦馬雷斯，每個人都對他的人生有所想像，而且會將自己的想像告訴其他人。華特也存在其他人體內，人人都擁有一小部分的他，一談論起來津津有味，彷彿擁有全部的華特似的。狄亞斯家族的人像東道主一樣分享著他，大夥兒彷彿吃著甜點，冷的甜點似的，分食他的人生。多年前她便知曉華特還小的時候，就接收了喬娃琪娜．葛蘿麗雅的舊雙輪馬車，還親自修理上漆，而且當其他兄長從日出忙到日落之際，他常常套上一匹毛色淺淡的母馬，沿路疾馳而去。慢慢地她發現了，不管范西斯科如何地威脅與剝奪，華特從未幹過活。自打他十一歲起，他就不肯合作，老是睡一整個上午，起床後便去闖那些沒走過的路，抄捷徑在麥田裡穿梭，結果迷了路。范西斯科、狄亞斯兄弟們、他姊姊阿德黎娜、他姊夫、他嫂嫂們、哥哥的女友們，住在後屋的工頭卜雷和妻子亞麗珊迪娜，還有一九五〇年代來來去去或日落後留下的工人，對於華特的人生都有一點故事可說。他女兒會一個人關在房裡，修改重整這些老掉牙的敘述。她或許聽得不齊全，卻能明白。因此那些話依然是她所獲得的贈與中重要的一部分，哪怕夜訪從未眞正發生過。假如沒有華特存在，畫集、他的大衣袖子和手槍便都毫無意義。她能看到他消失在麥田裡，能看到他與小麥齊高，能想像他年少的腳步窸窸窣窣踩過麥茬，路線曲曲折折，以免被逮到。她可以想像。

19

但是有一段情節是其他所有故事的序曲，也爲她從一九五一年就開始拼拼湊湊、關於他從印度返家的影片打下基礎。這是她所得知最完整的一段插曲，明白精確，絲毫無須更改或增減。它有自己的生命，自行在空間裡雕刻成形。當時華特十二歲，范西斯科對他說：「你給我聽著，你沒比誰更了不起，把簍子拿起來，跟大夥一樣。」要幹的活就是用簍子裝滿糞肥，然後高舉給上面的人倒進牲畜拉的貨車裡。十四歲的朱昂，十五歲的伊納修，十七歲的路易斯，和十九歲的馬紐埃，全都深陷在糞堆裡裝填簍子。二十三歲的庫斯多喬和二十歲的喬瓦金，負責接過簍子，傾倒入騾車。狄亞斯兄弟們動作迅速地裝簍子，不管是在上面或下面的人，身上都沾滿糞便，華特低頭看著糞堆，不肯爬進去。他被逼著這麼做。比起范西斯科的嗓門，服從的潮流力道更強、更專橫，這群兄弟全都隨波逐流，乖乖地用短柄叉裝糞簍子，裝滿之後再將簍子高舉到糞坑邊緣。他們鏟起熟爛、熱騰騰、肥沃、惡臭的糞便，沾得全身都是，就像已成了糞便的一部分，卻又不在意。可是年紀最小的華特被推入坑後，不肯拿起叉子也不肯動。「快點，像你哥哥一樣打起勁來幹！」聽到父親的喊聲，其他兄弟更加賣力了。他們面向著糞肥，工作得愈快速，華特就愈往坑壁邊靠，想沿著邊爬上去。

父親拿了一柄叉子打他，阻止他往上爬，同一時間，庫斯多喬和喬瓦金將糞肥堆上車的速度愈來愈快，其他兄弟也愈挖愈深。而華特一面扒抓糞牆，一面用尚未變嗓的聲音叫喊，頂撞父親。一個頂著稻草色頭髮的小男孩，在糞堆當中大吼大叫，反抗父親。忽然有人高喊：「快住手，范西斯科老爺！」是亞麗珊迪娜，她正端著一盆洗乾淨的衣服從旁經過。「要是喬娃琪娜·葛羅麗雅還在世，絕對饒不了你！」亞麗珊迪娜放下衣盆（可能就放在糞便四散的地上），冒著可能得再重洗一遍的風險，先是用力拉扯叉柄，接著拉扯范西斯科，害他險些重心不穩而跌倒，好不容易從他手上搶過叉子。他試圖重新抓住叉柄末端，但她不容許，還將叉子高舉過頭，這段時間裡，狄亞斯兄弟們仍繼續裝填空簍。多虧了亞麗珊迪娜這個女傭兼洗衣婦的介入，與她的人道義舉，再加上一九五〇年代期間，她自己總是不厭其煩地一再覆述，華特的女兒才得以知道那天對抗的細節。亞麗珊迪娜到最後總會說：「范西斯科就拿著叉子對準他，而你叔叔則是撩起上衣，露出胸膛，對自己的父親狂吼亂叫。你叔叔一向都是那麼奇怪、那麼容易暴怒、那麼叛逆。」亞麗珊迪娜話畢便不再開口。這時華特就存在於院子與糞堆之間，正要逃離糞堆。他對抗鋒利叉尖的影像留贈給了她。

20

當他上樓來，當她等著房門緩緩開啓，只打開一點點，剛好能讓他溜進來的時候，她早已承襲了一九四〇年代的瓦馬雷斯家宅，甚至認識當時在此生活的主人翁。她可以想像狄亞斯兄弟們幸災樂禍地默默旁觀父親與小兒子開戰，等待著某種激烈舉動、某種暴力行爲，來終結華特的懶散怠惰。幾個鄉下小夥子靠在牆邊觀戰的影像，遺留給了她。是工頭卜雷告訴她的。華特爬上雙輪馬車，范西斯科則站在院子中央高嚷：「除非我死……」父親張開雙臂，小兒子傾身於車轅上方，正面迎戰，其他兒子全部圍在一旁等著。朱昂、伊納修、路易斯、馬紐埃、喬瓦金和庫斯多喬，還有阿德黎娜的大聲叫喊：「爸，小心點，他可能會殺死你！」也許。也許華特會拉緊韁繩，母馬直立起身子，父親隨即成爲輪下亡魂。也許他們得訂一口印有紅十字的黑色棺材。也許他們得將父親被輾的屍體放進那口棺木，在由謀殺打造的墓穴旁舉辦一場淚汪汪的喪禮。也許法羅的警察會帶著厚重手銬上門找華特。也許這一切會在起爭執的那一刻發生。也許。

可是據卜雷說，庫斯多喬走到父親身後，兩人扭打起來，帽子滾落在地，最後范西斯科漲紅著臉、衣衫不整地被大兒子拖進屋裡。前路已無障礙，華特於是鬆開剎車，韁繩一抖，馬車旋即出發。沒有人眞正知道他上哪去了。他總會在傍晚時分回來，有時天色已黑，馬車的燈已亮起，他則是嘴裡吹著口哨。奔馳在柏油路面讓白色母馬精疲力竭。唉，要是母馬能說話，要是牠能說出華特帶牠上哪去就好了。女人，那是他追求的，還有黑市販子，和各種各樣的勾當，也許還有不會留下氣味的酒精飲料。但有哪種酒精飲料辦得到呢？什麼樣的女人不會傳染梅毒呢？有一天，工頭卜雷暗地裡跟蹤他，但要想尾隨范西斯科的小兒子談何容易。卜雷從未能達成范西斯科的期望：駕四輪馬車跟蹤他。四輪馬車比雙輪馬車慢得多，而且到處都引人注目。卜雷暗自心想，范西斯科的四輪馬車誰不認得？

工頭從來不會停下來閒聊，但每當華特的女兒跟在他後面，他總有話要說。「妳眞該看看妳那個叔叔……」叔叔在學畫鳥，他打算畫鳥販售。後來，他膽子變大了，去買了畫紙、顏料、鉛筆與其他用具，坐下來畫完後，在院子裡裱框，像個窮裱框師。范西斯科的小兒子賣自己畫的鳥，不肯工作。反抗的形式變了，因爲華特已經十七歲，他會大聲告訴家人說要是不讓他用馬車，他就用走的，從此不再回來，但沒有人知道他到底會不會這麼做。有時候，范西斯科很厭恨他，之所以按捺下來是因爲他知道每一群兄弟當中，總會有一個不上進的，在關係緊密的家庭裡自然都會出一個這樣的人，以便維持平衡，以便讓眾人清楚知道弊害不只存在其他地方。這是個爛瘡，失衡連同這個失衡所引發的羞愧，會慢慢從傷口滲出，因此每一家人都應該對家裡的害群之馬心存感激。當那個失衡集中於單一個人，便能激勵其他成員謹慎低調、思慮周詳。團結一心的狄亞斯兄弟們，勤奮努力、堪當模範的狄亞斯兄弟們，從小就在父親的農地上幹活，是其他家庭效法的對象，他們幾乎不花什麼錢買下一小塊一小塊的碎石地，靠著埋頭苦幹，不到一年就把這些地變成豆田了。

是啊，總得和命運之神做點交易，那是世俗與神聖之間的一種交換。范西斯科任由華特隨心所欲，那麼其他兒子就會齊心協力，作爲補償。就讓他自生自滅吧。他愈墮落，其他人就會愈團結。在瓦馬雷斯的家宅裡，弊害，無可避免的弊害，全都集中在這一個兒子身上。那麼他只需要將他隔離，留意他的一舉一動，而不必跟他說太多或做任何解釋。她逐漸熟知了失寵的時程。一九四〇年，上帝透過華特讓狄亞斯家失去平衡。那失衡現象持續到一九四六年，後來在一九五一年夏天，他從印度返家後又重新出現，直到他搭上「高貴帝王號」航向一個名叫倫敦的城市，才又停止。倫敦很遙遠嗎？他女兒會跟著卜雷穿過田地，卻從不出聲，從不問問題，只是靜靜聆聽。她喜歡想像那另一張面孔。

21

范西斯科也常常提起華特。

他心下明白，小兒子有烏雲罩頂。每當星期日有了空閒，還沒打盹睡去之前，只要有人願意聽，他都會這麼說，不過他從未直接和華特的姪女說。話說回來，他其實也從未與她交談過。儘管如此，要是她想聽，假如她能聽得見，他不會向她隱瞞華特與其他兄弟的差異。她在家人之間走動時猶如聾子，而他也不在乎她有沒有聽見他說的話。范西斯科把一切都歸咎於學校，依他之見，學校不只是形塑一個人的人生，還能做總結與預告。他是這麼解釋的。

教導他其他孩子的都是精力充沛的老師，認眞、嚴格、無可挑剔，絕對不許孩子亂動，會處罰學生而且從來不笑，只會強制學生守規矩，努力灌輸服從的觀念，因此讓每個孩子都成爲認眞工作的人。聖巴斯弟盎的學校有四扇窗戶面向街道，每扇窗內幾乎隨時都有一個學童戴著驢頭面具，有布做的耳朵和暴牙，不過在那張大嘴後面，學生的臉清晰可辨。聖巴斯弟盎所有人都會知道哪個孩子受到處罰。那些面具不再是面具，而是變成孩子本身。變成孩子的恥辱。而恥辱向來是製造服從的基本要素，尤其是在民風勤勉的一九三〇年代期間。他所有的孩子，包括阿德黎娜在內，都接受過那種嚴厲、形塑人格、著重懲罰的管教，可以說再恰當不過。「每一個都是，除了華特以外。」范西斯科會這麼說。有時候，他將平頭釘靴擱在一旁換上輕便布鞋，坐在桃花心木椅上，仍然睡不著。這全都是那個小兒子害的。華特的姪女會在一旁看著。

沒錯，小兒子和其他人不一樣，注定要受教於一個無能的新老師，他個頭矮，嘴上無毛，會在桌面上點火燒紙和火柴頭，或是燒瓶子裡的酒精和棉絨。偶爾，他會帶學生爬到灰溜溜的聖巴斯弟盎山上，要他們觀察大自然、暗中注意各種動物。他讓學生用石匠尺觀測太陽運行的軌跡，要求他們晚上到學校聽他講解月蝕，還要他們記錄一些毫無意義的事情，諸如馬在奔跑與慢走時，四條腿的不同姿勢。他什麼也沒教，倒是自己做了幾根特殊管子，讓學生拿來觀鳥。關於鳥，所有孩子需要知道的就是哪些有用、哪些沒用，哪些有好習性足以爲人表率，然後工工整整地寫下來。不料那個變態老師竟把眞鳥（死活不論）帶進教室，打開鳥翼向學童展示各種不同的羽毛，以及鳥降落與飛翔時腳的擺放方式。華特就是在那時候開始畫行動中的動物，尤其以鳥居多。這些事只要有人想聽，范西斯科都會說。她仔細聽著。

她怎能不聽呢？她得知這個老師被逐出聖巴斯弟盎，因爲有許多人蓋指印「簽名」請願。一九三五年十二月的某天晚上，他們找上這個嘴上無毛的老師。老師被逼離開教育界後英年早逝，因爲到處都備受提防，無事可做。不過他也已對教過的學生造成無可彌補的傷害了，從華特身上就能看得明白。

范西斯科還記得自己被請去見那個體弱的老師，結果聽到他說華特那雙手有多神奇，畫畫的時候就好像指尖藏著大自然的記憶，眞正是才華過人。雖然當時華特與其他學童畫的多半是聖巴斯弟盎與七苦聖母，范西斯科卻懷疑那些畫只是掩護，好讓學生繼續畫包含生殖器官在內的完整動物，那只是讓他兒子畫鳥的藉口。他還發現他們的聖人畫像底下並未寫上聖人名諱，而鳥的圖畫卻都完整標註了拉丁學名。范西斯科親自寫信向警察局長告知自己的疑慮，蓋指印請願活動也是他帶頭發起的，老師便是在他的倡議下銷聲匿跡。只可惜對許多被他所誤的孩子來說，已經太遲。對他兒子華特來說已經太遲，他就爲了去畫鳥而逃家。

對，她已經知道華特以前經常躺在地上等鳥飛落，有時候他會用簍子或籠子抓鳥，然後再放掉，但在此之前他會先將鳥複製在紙上，複製鳥的羽毛與形體，尤其眼睛畫得栩栩如生。就好像那些可憐的麻雀會說話，好像畫眉在笑，都只因爲他爲鳥的眼睛增添了一些線條，或是因爲鳥兒翹尾展翼的畫法獨特。有一天，阿德黎娜嚷嚷道：「爸，那不是鳥，那是人在交配！」范西斯科早就猜到是這麼回事。要不是背後有其他緣由，他怎麼可能賣得掉那些畫？范西斯科實在不敢相信，比起法蘭德斯風景畫，民眾竟然寧可買鳥圖，像是鴨子、野鴿、家鴿、鶲鳥，甚至還有人預訂。「爸，他畫兩隻鸚鵡在親嘴！爸，牠們的嘴碰在一起耶！」那正是范西斯科要說的話，阿德黎娜幫了一點忙。在那個雨夜，華特的女兒便知道這一切。有幾年了，她經常想像華特畫鳥的模樣，那些如今已歸她所有的鳥。

22

可是范西斯科在星期日的閒暇時刻，也不一定會打瞌睡。有時他會接待友人，一起回顧最近那場他們沒有參與的戰爭。華特的女兒往往背向他們坐著，側耳傾聽。

一九四〇年代，狄亞斯兄弟，特別是還在服兵役的那幾個，很擔心自己會眞正上戰場，隨時可能成爲遠征軍的一員。苦難的年月，歉收的年月，缺雨水、缺糞肥，颳風揚塵的燠熱年月，可是對范西斯科卻是好年。也難怪了——范西斯科會少量高價出售橄欖油和麵粉，像賣金子一樣，而且只賣給其他販子。孩子們會幫他，儘管有機會，他和孩子都不曾摻和進黑市。他們不需要，這是他們對抗沙漠氣候的成果，是他們流汗的收穫。在兩年的時間內，范西斯科買了十塊布滿石頭的地，因爲沒有火藥，還雇來一群工人用大錘碎石。人還在拉哥斯的朱昂與伊納修，很快就會回來應付土地與缺糞肥的問題，他們會幫忙挖起石頭，塡滿糞堆，將糞撒在土地上以增加產量，生產黃色小麥、綠色豆子、金黃穀類、果實累累的樹。儘管氣候乾旱，狄亞斯家的男人仍會振臂挖土。是什麼原因阻撓了他們呢？她根據范西斯科的說詞，自行得出結論。九月某天下午，他們聽見一個震耳欲聾的響聲，以爲戰爭終於降臨葡萄牙，結果只是個偏離正軌的範例。西邊有一架飛機朝大海飛衝而來，不到幾秒鐘，也不知是怎麼回事，一架雙引擎戰鬥機就墜毀在范西斯科家門前，機艙裡還綁坐著兩個死去的英國人。飛機墜落在打穀場旁邊，原本攤在十張蓆子上曬乾、嚐都還沒嚐到的無花果就這麼毀了。後來大批官方人員圍攻而來，個個沉默不語，擔架上覆蓋著油布。范西斯科和友人們全都記得。

接下來范西斯科會稍微放輕鬆，在週日午後的短暫熱氣中，一面打牌一面娓娓道來。那個畫面帶給他一個不可思議的念頭，這絕不是他的問題，念頭就這麼油然而生。他在那兩個焦黑死去的金髮飛行員其中一人身上，清清楚楚看到自己的兒子華特，如果華特當初（或者應該說現在）去打仗的話。如果他入了軍伍，或是葡萄牙忽然決定參戰，送新兵上戰場，戰爭不會帶走他其他兒子，只會帶走華特。范西斯科說著自己的想法，對於自己爲了拯救小兒子所打的那場小戰役，沾沾自喜。他的論據清晰明白，一點也沒錯。

是啊，如果葡萄牙加入戰爭並派出遠征軍，如果華特也在其中，簡單地說，他要不是戰死就是獲救。假如華特死了，死後可能會被授勳，他會親自接過那枚勳章，還會有人到華特墳前吹奏喇叭。而假如他獲救了——這很有可能，至少不是不可能——回來以後會改頭換面。返鄉時的他應該會面容憔悴、全身煙燻碳黑、身體孱弱、嚴守紀律，因爲已體悟到努力、疾病與死亡的意義。他會變成一個嚴肅的男人回來，不會再駕著雙輪馬車逃開，不會讓馬疲於奔命，不會在畫畫時唱那些老是重覆同樣歌詞的難聽歌曲。「查理，查理……」

但華特還是得以繼續畫畫、繼續裱框、繼續讓家裡充斥著「查理、查理……」的歌聲。一九四四年將近尾聲時，車站與其他公共場所開始出現小張的黑色告示，向葡萄牙國民宣告：葡萄牙同胞們，努力工作儲蓄，上帝便可能讓你們免於戰火！就某方面而言，這讓范西斯科略感氣惱，因爲根據宣導手冊裡公布的政策，他可以買更多石頭地，但要想看到兒子離開家門，也同樣無望了。然而眞正的障礙出現在華特即將出發前往埃武拉軍營的前一個星期，那座軍營位在遼闊貧脊的平原中央，正如軍營所該座落的位置，很適合用來訓練男人迎接重大戰役。障礙出現的形態如下：兒子出發前一個星期，雙輪馬車比平時回來得早，華特把母馬留在院子中央，跳下車就大聲嚷嚷：「大家都在說戰爭結束了！」庫斯多喬踩著不對稱的腳步走過來，將馬車穩住。「什麼叫結束了？」范西斯科牽著馬往馬廄走，阿德黎娜跑著跟上去。「爸，戰爭結束了！」范西斯科從帽子上清掉一小塊馬糞。「那是騙人的，不可能結束，又不是……」

范西斯科訴說自己如何受命運作弄。他記得他看見華特仰躺在地上，兩臂張得開開的，開心地大喊：「戰爭結束了！」這是他女兒看見他的模樣。即便一九六三年那個晚上從未存在過，這也永遠會是他在她眼中的模樣。

23

事情發生離現在算是相當近，范西斯科還能描述得出那天晚上，看著小兒子啓程，看著他從車廂窗口探出身來用力揮手，帽子拿在手上，隨後消失在鐵軌兩旁的幽暗樹林間，內心有多輕鬆。當晚范西斯科回到家後大大吁了口氣，就像昔日夜班火車穿過狹窄的沙地平原時，總會發出得意洋洋的嗚嗚聲，不管是不是戰爭期間。他就這麼消失了。

但是鐵路線是雙向的，偶爾會把一些送走的乘客又帶回來。五個月後，同一列車轉向逆風，在瓦馬雷斯站放下了華特。不過，和范西斯科看見那兩個被困在飛機座艙裡的英國人所產生的想像不同，華特似乎變得更有生氣，更有男子氣概，有結實的臂膀、鮮明立體的五官，理了小平頭，一口平整的白牙，臉上的微笑更加燦爛。總而言之，他不同以往。而每個月回來探訪的他，一次比一次更加不同。

他會在週六五點跳下火車，週日八點回營，在那勉勉強強二十四小時的休假期間，華特不會休息。他會把黑色雙輪車套到白馬身上，沿著與大海平行的平坦道路奔馳，踢揚起柏油碎石。有時候，他會往蕭瑟荒野去，但遇上道路陡峭、滿是坑洞，兩旁的突岩和長角豆樹還會投下險惡不祥的黑影，最後也不得不折返。他會回到較平坦的路面，讓母馬能快意疾奔、馬鬃飛揚，不會被石頭絆倒。看樣子他回家來好像只是爲了飆馳馬車。唯一期待見到他的兄弟只有庫斯多喬。每到星期天，他都會在家門口等他回來。他會走到院子另一頭去等他，把弟弟的馬車安置妥當，並照顧他的馬。這點在范西斯科看來，是不負責任的保護行爲。「我要是說錯了，你可以糾正我。」父親會這麼對庫斯多喬說：「但我覺得你沒有像他那樣做，只有一個原因，因爲你做不到。你別告訴我你也想畫鳥！」一九四六年春天，庫斯多喬應該已經三十一歲。背對他們而坐的女兒，會默默根據華特的年紀計算其他兄弟的年紀。

想當然耳，范西斯科從不跟她說話。說不定她根本聽不見。她幾乎是個啞巴，不會說話，又聽不見，什麼都不懂，所以華特的姪女有沒有聽到無所謂。不過有時候，工頭的老婆亞麗珊迪娜會獨自偷偷地對華特的女兒說話。她會說：「其實妳叔叔眞正的問題不是鳥，是女人。他到處拈花惹草，把自己搞得精疲力竭，問題是那些女人也迷他迷得要命……」她會轉過身，輕輕加上一句：「但後來可怕的事發生了……」亞麗珊迪娜會在廚房裡說，一面把刀尖插進馬鈴薯正中心，一剖爲二，然後猛力丟進狄亞斯兄弟們直接就著吃的金屬盆內。

因爲每個人都在等著事情發生，等著華特的性慾展現出來，留下一根點燃的導火線，成爲醜聞話題，讓他的眞面目一次徹底顯現，那麼他的生活就會被視爲明顯應受譴責，然後秩序就能恢復。聽說他的馬車拴在某一扇門外，有人在某個地方看到了，還聽說他從法羅附近疾奔回來，累得母馬汗水淋漓。沒錯，一個當了兵、只顧畫鳥而不工作的男人，勢必會從性行爲顯露出眞實自我，否則這個人始終是不完整又深不可測，任誰也無法高枕無憂。於是時間一天天過去，果然出事了——從亞麗珊迪娜的嘴裡說出，比其他人都來得生動。不過狄亞斯兄弟親自敘述的才是經過認證的版本，它總是繞著那個六月的星期天打轉。

24

女兒得知了來龍去脈。那個六月週日異常炎熱，幾隻狗原本在木桌底下吃東西，卻冷不防地竄過狄亞斯兄弟腿邊，站在院子門邊狂吠。但來人似乎沒有注意到這些狗，逕自將一輛開放式的木貨車拴在門環上，匆匆穿過院子。范西斯科認得他們是馬努厄・巴提斯塔夫妻倆，住在大路邊，屋門旁種了一棵玫瑰樹。過了一會兒，他才注意到他們後面跟著一個身材高挑、十分秀氣的女孩，雙手交握在身前。范西斯科一把推開屋門，但馬努厄似乎無意入內。待女孩慢慢走上前，他指著她好像指著陌生人一樣——她的臉被草帽沿遮住，兩手擺在腰際。「我來是要告訴你，你的小兒子把她的肚子搞大了。」每個人一有機會、一想到就會說，當時巴提斯塔解釋自己不是來談條件的，只是想讓范西斯科知道那孩子在他女兒肚子裡播了種，而且那個種不斷在長大。那女孩就是瑪莉亞・艾瑪・巴提斯塔。

「對，就是她！」因爲馬努厄知道錯不在他，而在自己的女兒。他深信是瑪莉亞．艾瑪自己跳上馬車，自己躺到那條軍毯上，那條華特在路邊與女子交歡用的軍毯。她是家裡最年幼的孩子，她並不知道，事情會發生在自己身上是因爲華特找上她姊姊朵絲和琪蒂芮雅和其他表姊妹都沒成功，她們相信一定能遇到比較莊重正經的男人，因此沒有受到他繪畫才能的誘惑。懷孕的女孩愕然呆立，頭上的草帽讓她顯得更加年輕，肚子微微隆起，將短連身裙的前襬往上拉，露出了膝蓋。

在院子裡的熱氣與強光中，餐巾還塞在襯衫前襟的范西斯科爲了有所表示，立刻扮演起一家之主的角色，說誰能證明她的肚子是他兒子搞大的。「這種事要怎麼證明？」馬努厄知道對方說得完全在理，便吩咐妻子（這事他也連帶怪罪她）拿出他們帶來的東西。於是他妻子從小袋中抽出一捲紙來，中途手指還被袋子提手卡住，然後將紙捲交給丈夫，丈夫再轉交給范西斯科，那肅穆的神情宛如遞出一項殘酷的證據。華特的父親搖搖頭，說那的確是兒子華特的作品。那個酷熱的週日午後，他站在原地想了又想，紙張依然緊抓在手裡，最後終於想到他身爲父親還能說些什麼。「當然了，問題是一個女人會跟這個男人好，就會跟其他男人好。她根本沒有信用了……」「對，你說得對。」馬努厄附和道：「她把自己的臉都丟光了。」但是亞麗珊迪娜爲華特的姪女感到難過，她和丈夫你一言我一語地說著那段往事，女孩卻只是背對他們而坐，默默無語，彷彿完全事不關己。

因此亞麗珊迪娜繞過椅子，站到華特女兒跟前，手裡拿著刨刀，一面借助叉子將馬鈴薯剩餘部分弄碎、過篩、搗成泥。亞麗珊迪娜依然能看見在那個灼熱的六月午後，瑪莉亞・艾瑪滿臉蒼白動也不動，活像個瓷娃娃，好像被丟進海裡似的，不知道該快快地或慢慢地離開院子。但她很快就知道了。巴提斯塔夫妻什麼話也沒說，直接解開貨車的拴繩，爬上車去，卻不讓女兒跟著上車。瑪莉亞・艾瑪得付出代價，這才是起頭而已。貨車左搖右晃地出發，揚起一陣塵土，瑪莉亞・艾瑪也起步跟隨在後。她在塵土飛揚中跑著追馬車，始終追不上。

這故事她已經聽了數十次，每次內容稍有不同，但最後總是以同樣的畫面結束：瑪莉亞．艾瑪追著巴提斯塔夫妻，帽子掉落在塵土中，沿著大路小跑步時辮子都散開了。她呼求馬貨車上的人幫幫她，當時她才十八歲。

接著，亞麗珊迪娜會背對華特女兒坐的椅子，發洩怒氣。是的，即使到這個時候她仍覺得噁心。沒有人察覺到巴提斯塔夫妻倆把年長的女兒留在家裡，卻任由瑪莉亞．艾瑪在外頭野，是他們容許小女兒去接近那輛馬車的。要怪就怪她母親，巴提斯塔的老婆。一旦鬧出性事的麻煩，當母親的總得擔責任，不管再怎麼辯解也沒用。是她縱容他爲女兒作畫，用白紙畫女兒的肖像，將她框在四邊之內。而且華特不只畫一張，而是十張，也可能是二十張。戴了帽子、沒戴帽子、紮了辮子、沒紮辮子、穿了衣服、沒穿衣服、頭上插了花和沒插花。還有鳥。部分像野鴿、部分像家鴿、部分像夜鶯，還有人說：部分像老鷹。窩囊廢一個。那時候，大家開始打賭。據說他畫過的女孩全都爲他脫了衣服。根據亞麗珊迪娜如聖經般的版本，他想必沿路畫了十來個，可憐哪，眞是可憐啊。

是的，早在那個雨夜之前，她便已得知這所有的故事。這些不是粗俗的故事，純粹就是故事罷了。她只是原原本本地聽聞了這些故事。那些壓箱底的影像，華特只是擦邊而過。她心裡知道。華特只是個過客。

25

本該回家來好好對巴提斯塔家做出補償的兒子，竟然啓程前往印度，這讓范西斯科震驚之餘蒼老不少。瑪莉亞・艾瑪開始受到父母親折磨，他們丟不起這個臉，便將自己關在家裡，逼女兒去買東西、扛重物、到他們知道會被許多人看見的地方跑腿。每到週日週六下午，就叫她坐在窗邊、玫瑰樹旁，讓她暴露在眾目睽睽之下，痛苦到極點。見她沒有因此崩潰，他們就把她鎖在房裡，送食物時只打開一條門縫，然後又立刻把門閂上。有人是這麼說的。范西斯科自認是個悲天憫人的正直之士，便寫信告訴華特說她父母如何凌虐她，叫他趕快請假回來做彌補。

他一連寫了四封信，一封比一封更短、更緊急，講述瑪莉亞・艾瑪如何追著貨車跑，他姊姊阿德黎娜又是如何看得泣不成聲。到了第五封信，范西斯科只寫完地址與日期，正在寫第一行內容時，忽然將筆往他平常用來記農場帳目的桌上一放，決定親自跑一趟，到那個孤立於無垠的平野中央，經常入他夢來的軍營去找兒子。他穿上小牛皮靴，在火車的硬板凳上坐了一夜外加一整個上午，只爲見兒子一面，不料見到的卻是司令官。對方請他坐到扶手椅上，根本連叫都沒把華特叫來。華特如今已不是大頭兵，而是下士了，令人難以置信的是，在訓練期間，無論是跟蹤、擊劍、翻牆或以刺刀刺稻草人，他的表現都是一等一。同時他的射擊表現也最好，行軍與涉越沼澤的速度也最快，他還爭先爲司令開車，訓練期間長官一有要求，他總是不落人後，準備好赴印度爲保衛葡萄牙國力而戰。下士華特・狄亞斯已志願隨軍前往果阿。

然而，范西斯科荒廢了兩天家務可不是爲了來聽他志願奉獻的消息，而是爲了解釋有個少女懷了身孕，而這件丟臉的事全因爲華特本身的劣根性。但司令站在華特下士那邊。他也是個惜字如金的人：「那就讓他自己決定吧。」等了許久、許久之後，華特終於出現在門邊，來決定是要對瑪莉亞・艾瑪負起該負的責任，還是要前往印度服兵役。誰知他竟一聲不吭。結果司令爲他做了決定。他說很難證明華特是孩子的父親，所以請范西斯科三思，別誤了自己兒子的前程。范西斯科站起身來。不，他不會的，事情會順利解決，何況他是最不希望華特回家的人。於是他的小兒子將吹著口哨，登上「祖國」號輪船啓程。他那個環遊四海的兒子華特。他父親是這麼說的。

26

姪女若想聽就能聽到，若不想聽到，那就不該去聽。那個環遊四海的人出發前往印度之前，不會回瓦馬雷斯來。那個環遊四海的人已經找到靠山。他很可能一到軍營就開始畫畫，他畫的那些嘴碰嘴的人眼鳥，和那些群鳥環繞、嘴碰嘴的人物，很可能已經有成千上萬幅。上帝賜給他的這個兒子，他了解。他不相信華特是擊劍、搏鬥、追蹤或翻筋斗的頂尖好手。他相信在這份認同背後，其實是他的畫畫技巧轉化成一塊塊畫布，才讓他得以變成下士。說不定還有其他原因，不可告人的原因。華特是被送到這裡來受罰的，本該好好想想如何向巴提斯塔家交代，沒想到卻莫名其妙晉升，范西斯科懷疑這其中有見不得人的交易。

某些冬夜裡，范西斯科會當著當事者的面大聲回憶道，當時他在瓦馬雷斯車站下車後，遠遠地看見自家屋頂，一走近便看見兒子庫斯多喬在院子裡幹活。那個逆來順受的兒子，由於兒時得了小兒麻痺，養成了堅忍不拔的性格。他兒子庫斯多喬，老是在爲華特的行爲辯解。他走進屋裡往餐桌旁坐下，看著那個坐在其他兄弟群中的跛腳兒子，忽然靈光一閃，就好像眼珠子後面亮起一盞燈：庫斯多喬正是他需要的兒子。他記得那一刻，那個聰敏的日子，那個光輝的時刻。他將身子探過桌面說：「庫斯多喬，你不會讓我失望對吧？」狹窄貧脊的平原又變冷了。光禿的杏樹似乎更像蜘蛛網。無花果樹像被拋棄一般，無力地往地面上垂。這對父子互相理解並達成協議後，放下叉子與餐巾，將馬套上車，便慢慢地往大路方向去，一面交談著，直到抵達巴提斯塔家門前。范西斯科抱著小心翼翼的心情，但也覺得自己的作爲既聰明又可敬。的確，他身邊坐的本該是華特才對，但爲了彌補小兒子犯的錯，他帶了大兒子同行。接著他們敲門入內。

一個鐘頭過後，瑪莉亞·艾瑪披著一件毛織外套走出家門，只提了一只袋子，然後在庫斯多喬攙扶下跨上馬貨車。在一個週六清晨，瑪莉亞·艾瑪穿著一件小羊皮鑲邊的絲絨長外套，戴著插有一根白羽毛的氈帽，接納了丈夫。但這件事沒有正式紀錄，也沒有多人的共同記憶，主要只存在范西斯科夜晚的談話中。多半是與友人的交談，好讓他們知道在面臨意想不到的困境時，一個有智慧的人能做些什麼。

那個心不在焉的姪女沒有道理會聽到。不過假使一如往常背對他們坐的她想知道，就讓她知道吧。而她其實都知道。

27

她也知道瑪莉亞·艾瑪應該會等華特，因爲他並非音信全無，他有寫信，隨著他每到一地、每看見新的陸地，都會不斷地寄畫給她。他從聖多美、從盧安達、從羅倫索馬貴斯寄來，從前往印度途中寄給親愛的父親、親愛的大哥。但沒多久，大家就都知道眞正的收件人是誰。庫斯多喬始終都知道。一九四七年，魚雁往返耗費時日，日月漫漫，夜晚長無止境，旅程遲緩，緩得足以讓人思之再三，足以讓人想像來來去去之間、口說與心知之間的各種可能性。只需五個事實便足以塡滿生活。這些事實最好能隔著水、隔著愛、隔著書信。渴望之情碇泊在宅子的四壁之間，歲月或許易逝，等待卻不一定容易。然而，她等待著。

華特的女兒遲早會發現。

瑪莉亞・艾瑪不肯與庫斯多喬同房便是明證。在華特從印度回來以前，范西斯科的大兒子不會進到瑪莉亞・艾瑪的臥室；那一年華特的女兒三歲，他們三人搭著黑色雙輪馬車逃離那天，還一起拍了照。工人都覺得是庫斯多喬自己幫助他們逃走的，一定是他用馬車載他們到車站，一定是他在一九五一年的那個夏日放他們自由。大家已殘忍地喊庫斯多喬「烏龜」。烏龜想必是希望他們父女倆能在相機前拍下那張照片，烏龜想必保護了他們。幾個小時當中，他們三人是一家人的事實便眾所周知。但烏龜有薊草般的耐性，烏龜等待著。聽說在一九五一年，瓦馬雷斯宅子裡還擠滿狄亞斯家族成員時，烏龜就知道另外那個人會逃跑，大夥會齊心協力將華特逐出家門。

聽說是這樣的。那年夏天，華特以前所未有的狠勁駕駛馬車，他會穿著卡其制服，跳上馬車急馳而去，到處奔波把那匹母馬累垮了。那輛馬貨車就被戲稱爲「魔鬼戰車」。主婦們會將女兒關在家裡，而遭到禁足的女孩則如馴羊，默默地站在窗邊看著從印度來的軍需官路過。瓦馬雷斯的每個人都做了最壞的打算，只有一直在等候他歸來的庫斯多喬例外。「讓他走吧，該做的事總歸要做。」庫斯多喬會這麼說。直到後來，直到幾個月後，華特隨「高貴帝王號」航向墨爾本，瑪莉亞．艾瑪才向庫斯多喬敞開臥室房門，也直到那個時候，他才開始和她有了孩子。

那是在他出發前往里斯本、倫敦、墨爾本之後。

根據送他到瓦馬雷斯車站的幾個兄長說，華特出發時穿著亞麻西裝。照卜雷的說法，那套西裝後來讓他付出慘痛代價。不管他們說了什麼，那就是他女兒想像中，在各個港口間旅行的他：身形筆挺，穿著淡色西裝，左腕上戴了一只金錶。如果沒有在一九六三年回來，他留在女兒心中的印象就是這樣。

28

不過她也經常跟在庫斯多喬的屁股後面。她很感激瑪莉亞．艾瑪的丈夫絕口不提他自己的生活。他在屋裡兜轉時，那緩慢、謹慎、不協調的腳步聲令她著迷。她常跟著他進院子，走過狹窄通道，進入飼養著較小牲畜的鄰接棚屋，和馬匹揮掃著馬尾的廄房。有時候，庫斯多喬會去舊儲藏室，丟棄已不需要的東西。儲藏室和主屋之間隔著一大片乾草和泥巴。睡在這個破落地方的是一些發育不良的小雞，和已經不能下蛋、腳上還綁著鈴鐺的母雞。此外除了生鏽鐵鉤，還有歪斜搖晃的桌子、龜裂的花瓶、用死騾子做成的皮領，也都成堆成堆地在此找到落腳處。這裡是眾人口中堆破爛的屋子。一九五五年那個燠熱難當的夏天裡，那輛黑色雙輪馬車就停放在此。從它被扣住的底座，女兒看見一個伺機而動的活物。它或許覆滿塵土，但畢竟曾是華特的車。她從車旁走開時，兩腿不由得打顫。

可是那年秋天，她便已經越過車轅跳上馬車，無畏地駕起車來，因爲白日裡鄉間明亮，夜晚雖黑，她臥室裡仍有那把手槍，而堆破爛的地方也和其他地方一樣，華特的女兒安全無虞，因爲有孤寂相伴。雖然她還小，既無腰肢也無成熟身形，卻會驅策一匹不存在的母馬，奔馳過她毫無所知的柏油道路，而且在雜物間的黑幕覆蓋下，她腋下夾著華特的畫紙、他的Viarco顏料和他的輝柏鉛筆。但是她拉著韁繩約束那匹跑得飛快又心不在焉的母馬，因此沒有畫鳥，而是坐在車轅間，大聲吼出自己沒有畫的一些鳥名。秋日晴空萬里，猶如夏天。太陽會藏起身，在群山與雲朵間留下單一條水平光線。穿著平頭釘靴的范西斯科走近，停在雜物間的門邊。等狄亞斯兄弟們回到屋裡，他便喊道：「有人跑進堆破爛的屋裡了，還爬上那輛馬車。不管是誰，去把他們趕出來……」那是一九五六年的陰暗冬日。

「我媳婦的孩子爬上那輛馬車做什麼？」晚春時分死寂的夜裡，他站在雜物間的寬闊大門前咆哮道。「把她弄出來！」他對工頭卜雷說：「把她弄出來，以後再也不准進去！」范西斯科不明白，就算他們眞把她弄出來了，她也依然還在裡面，直到他撒手人寰那天也都還是不明白。像他這種人不會察覺到行動與存在之間有一道缺口，這道無人填補的缺口會將每個人轉化成人性物質。不知道這一點的他會問：「那孩子不怕嗎？」當卜雷帶她出來，像趕雞一樣地噓她離開的時候。「她爲什麼不怕？」

不，在那堆破爛的屋裡，她不害怕。當她穩穩站在馬車踏板上，手握韁繩，那輛老舊車骸成了水陸兩棲的交通工具，是馬車、是長長的火車，也是橫越四海的巨大輪船。華特的女兒還這麼小，沒有腰身、沒有胸脯，甚至還沒長恆齒，但她掌著舵，望向麥浪起伏的原野，穿破泥濘與波浪，征服大海的風與溼氣、水面上閃爍的夜光，以及降臨在她聞所未聞的所有海洋上的漆黑夜幕。華特的女兒不害怕。令范西斯科與一九五七年尚未離家的狄亞斯兄弟們困擾的，正是這點。讓他們驚恐的不是她，而是當月娘藏起白皙臉龐，她竟不怕夜黑的這件事。

姪女上樓回房不需要任何燈光，她爬樓梯和上床時，連火柴都不必點，這事讓他們感到不安。就連瑪莉亞・艾瑪也感到不安。當時尚未啓程前往美洲的朱昂和伊納修，回到餐桌時會說他們在走廊上看見她，毫無懼色地摸黑溜過大大的盆栽，像個老太太似的，而她甚至還沒長大成人呢。瑪莉亞・艾瑪看到華特的姪女不怕黑，也覺得奇怪，所以會替她點燈。她會強行讓燈亮著，會逼她看著燈油在頭旁邊燃盡，那麼她就能下樓去告訴丈夫、公公、小叔與妯娌們，一切都沒事。她自作主張點了燈，好讓一個根本無所畏懼的孩子不會害怕，而庫斯多喬準備生火時會問：「咱們女兒不怕嗎？」坐在桌旁的瑪莉亞・艾瑪會弓著身子，埋首縫補。她老是在縫縫補補。「每個人總會有害怕的東西，不是嗎？」這是一九五七年的暖冬。

不過庫斯多喬將他姪女帶離馬車的方式不一樣。他會踩著一成不變的不規則腳步，由門廊走去，從口袋掏出手電筒，在不知道自己的手電筒能照多遠的情況下，他照亮了「高貴帝王號」的航海路線。他很可能也看到了海水。打開手電筒後，庫斯多喬會慢慢接近，伸出雙臂，將她從車轅間抱下來，牽起她的手，帶她回到屋裡。仁慈是存在的，它會呈現人形，偶爾與庫斯多喬的軀體融合在一起。他默默地領她回到屋內。只有他知道姪女是如何繼承了華特的馬車。

29

可是到了一九五八年，庫斯多喬帶她返回的屋子，只有兩扇窗亮著燈。狄亞斯兄弟們永遠離開家了。狡猾的生物走了。她遲早會知道，狡猾與撒謊不同，那不是策略或計畫，而是本能，是一頭攫獵速度迅速的野獸保有的本能，在等候的時間裡靜定不動，安穩地蜷伏於靈魂當中，彷如熟睡。只不過它沒有睡著，有一部分的它遠遠地觀望、行動，不是出於好意或惡意，純粹只是出於本能。是一種提前品味的復仇，拖延時間、堅韌不移，像睡著一般，眼睛睜著，然後閉上。等待著。也許是某種腺體分泌的產物。因爲狡猾無法學習，是與生俱來，它的出現就像紅色體毛或美人尖，純粹只是將某人標示出來，爲之分類，如此而已。狡猾便是如此。狄亞斯兄弟們離家後，她獲得了關於那種特殊類型之人的知識，那種與哺乳動物和鳥類並存，卻未經編錄的型態。狡猾的人的臉、嘴唇、眼睛有些特別，彷彿帶著一種與終究都存在的死亡合謀的智慧。狄亞斯兄弟們就是這樣。或許他們仍記得某個與糞土奮戰的早上，那段記憶蜷曲在他們的人生中等待著，等待著離開。那種侮辱感由內而外蠶食了他們。

華特走了兩年後，狄亞斯兄弟也開始離家，而且是在臨走前一個禮拜才說。她記得阿德黎娜和她丈夫費南岱斯，就是學電工，還教她寫「watt」與「Walter」的W字母的那個人。她記得喬瓦金、馬紐埃與他們的妻子。或許也記得他們的兒女。記得路易斯、朱昂和伊納修，他們全都單身。比起長相，她更清楚記得他們的名字和年紀，記得他們對父親唯命是從，無能為力，順服得像受過訓練的騾子；但與此同時，他們也一直在暗中商量、計畫著要離開瓦馬雷斯，沒有大聲嚷嚷，只在角落裡竊竊私語，妻子們也守口如瓶。當父親問他們在聊什麼，阿德黎娜會說：「沒什麼啦，爸！」所有人都依循同樣的模式。一開始是在週日晚上外出，接著是週三晚上，然後是其他天的晚上。他們出門去，很晚才回家，進門時連看門狗都不吠，好像一切都配合著他們因為天生狡滑而想出的那項計謀。父親指派了奸細，但奸細也已經參與其中。最早發動的是阿德黎娜的丈夫費南岱斯，其他人隨後跟進。范西斯科的這群兒子會到聖巴斯弟盎去，利用一本字典和一本自學書學習外文。很晚回到家時，便從側門偷溜進來，褲袋裡塞著幾張紙。她看見他們一個個穿過院子，迎頭就是范西斯科一陣痛罵（他變瘦了，腦子也不清楚了）：「你們這些廢物，你們這些王八蛋！」而他們一言不發。

再者，對范西斯科而言他們並不眞正存在。直到宣布要離開了，他們在家裡才有了一些獨特之處，在父親眼中才獲得一定程度的個人身分。他們脫離了大堆頭、生產線，脫離了工人部隊，成爲有名有姓的人。一個個受徵召，站到他們夜裡打包好的行李前。其他農場工人要離開前，都會辦一個半歡慶半炫耀的聚會，狄亞斯兄弟卻是一聲不吭，毫無預警地離開。他們留下工具、牲畜、糞土、田地、女眷、孩子和大房間，什麼話也沒說，像是要搭火車去買東西，隔天就會回來。他們承諾很快就會回來，沒有告訴范西斯科他們要上哪去。他們常常撒謊。她記得。那狡猾無比的影像留在她腦海中了。狄亞斯兄弟們像兔子一樣掙脫了父親，安靜迅速得有如夢中野兔。他們掙脫了。

30

那個雨夜，她可以看見范西斯科的兒子們拋下麥子、打穀機、田地、臨時工，拋下瓦馬雷斯農田的世界，把自己送上輪船。那些照片讓她對「高貴帝王號」，那艘帶走華特的英國船隻，有了較具體的概念。她可以想像他們默默地一起圖謀爭取自由，直到眞正到了海上，才敢大膽地高呼出聲。費南岱斯與喬瓦金在一九五三年率先離開，接著是一九五四年的馬紐埃和路易斯，一九五六年的朱昂，一九五七年的伊納修。他們離開、失去蹤影，神奇地消失在遠方，全部混在一起，投入奇怪又辛苦的工作，稍後接走了妻兒，再也沒有回來，證明自己比范西斯科更凶猛堅毅，甚至勝過華特。還把華特帶回家來了。

是的，這點很重要，今晚應該讓華特明白，他女兒是如何繼承了瓦馬雷斯這棟宅子的空虛、那些巨大的房門，以及門上方透進光線、腳步聲經過時傳來反響的扇形窗。空屋的寂靜，每個房間、房間之間的走廊與陰暗木地板的回聲。她是如何繼承那個寂靜、充滿期待的空間，眾多房間中的閣樓房；她是如何繼承這座迷宮的主權、四壁間萌生出的空洞、斑駁的黑影、反覆而和諧的房門，以及兄弟們已然不在的所有空間。而在他們離開後，華特又是如何地無所不在。

對范西斯科也是一樣。華特回來了，但這次不同。范西斯科會生氣地脫下帽子說：「他們全跟著他去了，都怪他五一年回來的時候說了賺錢的事情，才讓他們動了心。都怪他做了壞榜樣。是他把他們推出家門的，就是他！」范西斯科試著一人攬起所有的工作，幾乎沒怎麼睡，清晨四點就起床，連帶叫醒亞麗珊迪娜和卜雷，甚至在星光未褪之前，就站在屋外大喊：「庫斯多喬，過來！」因爲所有人力都沒了。不過他的叫喊聲依然健壯，那是在遠方的華特活力充沛的證明。無論華特身在何處，都會背對著這一切安坐。他會好好的。

31

是的，她很確定。瑪莉亞．艾瑪缺乏毅力，任由華特的軍中裝備化爲塵土。瑪莉亞．艾瑪缺乏等待的能力，缺乏等待華特所需的一貫性、穩定性與堅忍不拔，和他的姪女不同。她愈來愈是他的姪女了。這倒也無所謂。不管庫斯多喬多麼沉默，不管他多常抱她坐在腿上，多常帶她一起上馬車，讓她坐在自己膝上，她都在等著另一個人，不像瑪莉亞．艾瑪，她沒等。後來在一九五三年，瑪莉亞．艾瑪在門口站了一會兒，背著光，姪女注意到她身軀隆起，有點像個袋子。有個像袋子的東西附著在瑪莉亞．艾瑪的女體上。這是姪女前所未見，她不明白是什麼原因讓瑪莉亞．艾瑪的身體肥胖變形，但儘管她解不開這個謎，仍舊明白瑪莉亞．艾瑪向庫斯多喬屈服了。隨後三個滿滿的袋子，三個既像他又像她的小孩一一出現。她穿了打褶的寬鬆罩衫和鬆緊帶裙。爲什麼呢？

因爲庫斯多喬駕馬車帶她上法羅，去看查爾斯·鮑育演的電影，讓她在社交俱樂部裡和表親、姊妹們跳舞，他自己則在自助餐台邊消磨時間。因爲他買了一件貂皮大衣送她，她一年只穿兩次，有些年甚至一次都沒穿過。他帶她上美容院，給她買尼龍絲襪、漆器家具、一台電暖爐、一部瑞典的Luxor收音機，她晚上可以邊聽音樂邊跳舞。還有一些要讀者向蜜雪兒·摩根、費雯麗或艾娃·嘉娜看齊的雜誌，結果應該就是告訴你女人的特徵。庫斯多喬做了這一切，不顧父親怎麼想，不顧父親節儉成性，也不顧整個家族的創業精神向來以「花愈少錢愈好」爲指導原則。范西斯科會和庫斯多喬起口角，然後言和。畢竟，當其他兒子與孫子前往加拿大、美國和南美之際，是他添了新孫子壯大家族。離開的人彷彿鐵了心要散落世界各地，彷彿想要創造一個和范西斯科聯邦南轅北轍的版本。家裡的餐桌彷彿一年一年地分裂開來，每塊碎片都去了世界的另一個角落。到了一九五八年末，范西斯科向庫斯多喬的揮霍無度投降了。如今在瓦馬雷斯大宅裡只有一個兒子，但范西斯科仍期待著其他人回家來。他徒步穿過由陌生人耕作的田地，同一時間也感恩上帝賜給他一個跛腳的兒子，因爲他永遠不會離開，他會謙卑地等候其他人回來。接著想到華特，他恨恨地往地上啐了一口，滿心厭惡、憤怒至極，那個浪蕩子，那個害得家人流離四散的始作俑者。幾乎就在他家後院，兩個外國人死在飛機駕駛艙的畫面，以及當時他心中暗生的希望，讓他再次想到：一個凡人竟夢想著上帝不屑於夢想的事情。在他眼裡，時光本身顯得虛假又充滿輕蔑。接著夜幕低垂了。

32

一九五九年，平和的一年，夜晚寧靜又哀傷難抑。晚上關起門後，屋裡只有三個大人。范西斯科想知道，那個浪蕩子、那個四海漂泊的遊子，今年從哪寄來的聖誕卡？那個兒子，誰也無法說他如何如何，因爲他這個那個的事情太多了。今年，他從佛羅里達寄了一些類似畫眉的鳥。佛羅里達在美國嗎？那加拿大呢？他已經離開加拿大和他吃生魚的芬迪灣了嗎？

他從那裡寄了正在潛水捕魚的白領翡翠。他在那裡買彩色鉛筆花的錢，恐怕足夠把瓦馬雷斯附近出售的限定繼承產業全買下來。此時，那個浪蕩子正往地球南邊移動。他人在西印度群島。在西印度群島做什麼呢？不管在做什麼，總之閒暇時刻都在畫黃色的鳥，據他說只有蒼蠅那麼大。他根本沒有閒暇時刻，隨時都在畫畫、上色。這樣不行，他必須做點事情賺錢，才能再度啓航。我們可別忘了，有人在船上工作。范西斯科打了個哆嗦，他兒子在船上工作！那個環遊四海、可悲又可憐的傢伙。但事實並非如此。翌日，他們收到一封信，內附一幅老鷹的畫。「他肯定是在陸地上，因爲他畫了老鷹。」

老鷹是從哪寄來的？是他待在印度的時候？不，他從印度寄的大多是孔雀和烏鴉。老鷹是從安哥拉寄來的。不，是從巴西。這下誰都不確定了。但其實瑪莉亞·艾瑪知道，只是她沒說，或者除非庫斯多喬開口問。這次她知道。他從巴西寄來鸚鵡，從巴拿馬寄來尖尾鴨，從卡薩布蘭加寄來鸛鳥，從卡拉卡斯寄來蜂鳥。是啊，她知道。庫斯多喬向父親證明她知道的可多了。范西斯科會發脾氣。他的媳婦、庫斯多喬的髮妻，不該對小叔的行蹤瞭若指掌。附鳥圖的家書信封上的郵票無須記住，因爲對范西斯科來說，到處的鳥都差不多。而華特那個浪蕩子，不像他其他兒子寄回照片和明信片，偏偏寄的是畫鳥的圖。只是一堆羽毛罷了。那個浪蕩子除了畫羽毛，還會什麼嗎？他每到一處便留下如雨絲紛飛的羽毛。那些追著他跑的人，眞是笨得可憐。瑪莉亞·艾瑪弓著背坐在庫斯多喬和范西斯科中間，始終保持沉默。這一切她女兒都知曉，遠遠早在華特來看她的那個雨夜以前，她便知曉。

33

她還知道五年來，范西斯科一直在等兒子回來，而且一點一點地，絲毫不露痕跡地，開始生活在一個等待的黃金國內，與現實全然脫節。在偌大空洞、只偶爾聽得見腳步聲的屋裡，他會想像家人即將成群歸來，虛無的存在栩栩如生，有血有肉，在委內瑞拉幣與美元的錢海中走來走去。

錢，像河水流過每個兒子的腳邊，那所有的錢河匯流成一，月復一月，蜿蜒流向瓦馬雷斯。他不在乎在很遠很遠的地方，有個兒子不斷跳入雪溝裡，努力地將木頭搬上一輛他幾乎趕不上的載貨馬車。「這裡的人想盡辦法要我們的命，付工錢卻又幾乎一毛不拔。新斯科細亞。」其中一人這麼寫道，是路易斯。他甚至不擔心馬紐埃在某個湖底下的陰暗礦場工作，連續數月不見天日，因爲如馬紐埃自己所說，他並不眞正存在地面下或地面上。照片上的他戴著一頂附燈的金屬帽，手裡提著桶子，臉上汗水閃閃發光。范西斯科也不在乎另一個用十字鎬拆木屋的兒子，可能遭到活埋。那塊土地太過遼闊，就連范西斯科最討厭的肥碩乳牛都可能搞丟，他一點興趣都沒有。此外他也無法想像另一個兒子在卡拉卡斯的山裡能做些什麼，那個兒子說他絕不肯像瓦馬雷斯的郵差一樣，挨家挨戶送麵包。他還會聽庫斯多喬讀信，知道女婿辛辛苦苦、無休止地在築鐵路，拚了命跟著鐵道往西遷移。甚至有一封寫給阿德黎娜的信上，留了血指印。信上大致是這麼說的：「對不起，阿德黎娜，我真不想寄這種信給妳，但我手邊已經沒有紙和墨水了，又必須告訴妳一點最新消息，我不知道還能怎麼做，我的手指幾乎很快就要耗……」他也不想知道他們的妻子帶著孩子去找丈夫，現在自己住在小木屋的情況。他不想知道。何況，狄亞斯兄弟們寫得不多，極少談及自己的生活。不過缺少細節的家書只是更增添范西斯科的想像。他大概知道他們在哪裡，可是不想更深入探究，因爲在他看來，這一切都是關於一個穿插世界的一段穿插敘述，其中的意義只有等他們回來才能完整揭露。否則，一切都與他無關。

這就好像兒子和女婿必須經歷一個啓蒙儀式，其中每個階段都晦暗不明又痛苦，卻是必要，那些細節他不想知道，他只希望一切趕快結束。他希望孩子們抵達終點，告訴他說他們已是百萬富翁。他可以看見他們回來，確確實實一如客廳的滴答鐘聲，回來管理那些如泉水般湧向屋子的錢流。對於狄亞斯家族成員個人的生死，他沒興趣。之前和之後的事，他也沒興趣。「之前」就只有留下這棟宅子給他的父親，而「之後」則是他無法區分的兒子們帶回家來的財富。之前與之後，遠方與屋內，他都毫無興趣。他唯一在意的只有自己土地的範圍，以及他以堅定意志侍奉的熟悉神祇。榮譽、愛與生命，唯有轉化成田畝才有意義。我回想起那段時間，不管發生什麼事，他都活在一種幸福狀態中，而他的孫女則結結巴巴唸著古語的音節，迷信地相信總有一天古語會再次現代化。五年來，他們倆綁在同一個空間裡，卻隔著背道而馳的希望。今晚我憶起了那段時間，好讓華特知道。

若有地主急著出售農場與灌木叢地，范西斯科甚至會請求他們等到他哪個兒子先回家來。阿德黎娜和她那個勤奮的丈夫，還有其他人，隨時就要到了。他這麼相信。半夜裡，他會起身叫亞麗珊迪娜打掃家裡，做好準備。可是第二天，他們依然沒回來。後來連臨時工也因爲貧窮，逼不得已動身越過邊界深入歐洲，留下來的人發現主人少不了他們，便要求提高工資。范西斯科開始讓田地閒置，不再爲無花果修枝，封閉蜂箱，一面等候著兒子。每當有哪戶人家離開，任由屋宅傾圮、田裡蕁麻蔓生，他就會想像自己買下荒廢的田宅，將地整平，進行栽種。他會走過沒有耕作的田地和附近缺了瓦頂的房舍，好像這些已全部屬於他。到頭來，他會擁有一切，他會成爲大地主。只要等待就行了。對他而言，將有一件比輪子的發明更重要的事會發生。一個莫大的希望在瓦馬雷斯悄悄徘徊。我們倆中間隔著對未來的不同想法和用餐的桌子。我們沒有交換過隻字片語，也不了解彼此。我覺得狄亞斯兄弟永遠不會回來，范西斯科卻已經聽到屋外響起他們的腳步聲。他們很快就會回來，而且是衣錦還鄉，除了一個人以外。「除了一個人，除了一個人！」他會嚷嚷著從餐桌起身。因爲華特不會回來。

一九六二年夏，華特忽然寄來一封信。他隨信畫了各種寒帶的鳥，北方的潛鳥，飛越某個海面，信中則工工整整地寫滿一整頁，內容令人不敢置信，非得大聲唸上幾遍。華特寫說他打算回家。

34

這算哪門子的信？

范西斯科不得不靠著桌子穩住身體。不可能。那個浪蕩子絕不會回來。浪蕩子的天職不是回到起點，除非他已無法再在世界各地遊蕩，而是被迫待在一個會讓他想起自己根源的地方。除非病了或是到了鬼門關前，否則浪蕩子絕不會回家。范西斯科會說，可以安穩地睡覺，他兒子華特三十八歲，正值遊蕩生涯的顚峰，不會回來的。但萬一他眞的回來，一定是爲了滋生什麼奇怪的事，還可能是不祥的事，而這個時候，在其他人回來以前，瓦馬雷斯的宅子、庫斯多喬不規則腳步踩過的領域，正最需要平靜。不，他不會回來。爲了確保他不會回來，爲了確保他動都沒動過這個念頭，應該立刻修書一封，細細分說，勸他別回來。那麼信中該寫些什麼呢？范西斯科露出了笑容。

這封信將會以最陰鬱的遣詞用字表達，這封信他將親自書寫。一封黑色黯淡的信，勸華特打消回來的念頭，因爲那個浪蕩子去過太多地方，不像其他兄弟安頓在安全富裕的地區。他得直說。華特不能回來。他習慣了快速的交通，輪船、飛機、長途火車，已經不知如何靜定、依自己的步調走路、順從牲畜的緩慢步伐。在瓦馬雷斯的宅子，只有慢速交通，騾夫沿著兩邊陡斜的泥土路，曲曲折折穿過草地。這裡有的運輸都是最便利實用，也最便宜的。所以，他不該回來。

馬貨車的篷頂已經拆除，如今攤在地上，供亞麗珊迪娜養的雞下蛋，活像雞窩一樣。貨車底座仍用來運送貨品、稻草、工具，總之是任何能讓土地肥沃的東西，但這件事愈來愈難。誰能想像華特·狄亞斯那麼大老遠地回來，就是爲了爬上一輛舊馬貨車的殘骸？另外還有那輛四輪馬車。在卜雷的清潔照顧下，車況還好，但事實是拉車的兩匹馬平衡感太差，庫斯多喬駕駛時總得耐著天大的性子。有誰能想像華特·狄亞斯駕著這種馬拉的車呢？家鄉的人都無法想像。這時候范西斯科扯開了嗓門說話。那輛雙輪馬車也不行。它已經被貶到堆破爛的雜物間去了，篷頂已然移除，垂掛在屋頂上，篷布也已由白轉黑。布滿蜘蛛網和灰塵的馬車，簡直變得就像一只老舊的木桶，隔年冬天可以用來當柴火燒，讓僅剩的兩名臨時工取暖。不過他也不敢奢望到時他們還在這裡。如果華特想著要回來，而且還以爲能用得上那輛黑色雙輪馬車，就應該知會他一聲，以前拉車的那兩匹母馬早已無影無蹤。什麼都不存在了。「所以說那個浪蕩子在家裡要做什麼？」范西斯科問道，他在紙上寫的是兒子的本名，而不是那個貶抑的綽號。

然而寫到信末，在署名之前，他停下手來，重讀一次。他的手在顫抖。他就好像向自己揭露了自家土地的眞實情況，而且白紙黑字地簽了名。

他剛剛寫的都是眞的嗎？他的屋宅、他的家業、他那簡樸多產的帝國形象，果眞退化成那副衰敗模樣了嗎？他那群移居國外的兒子，爲什麼這麼久了還不回來？他們爲什麼不寫信，又爲什麼明信片背後都只是寥寥數語？他們爲什麼像叛徒似的？范西斯科恍然大悟，這是他生平第一次實實在在記下自己人生的殘酷實情，而且沒有人要求他這麼做。他過了大半晌才將信寫完，但最後一句卻是直言不諱地說：「換句話說，兒子，你別回家。」

35

他會回來，他歸心似箭，華特在短信上說道，這封信剛好和范西斯科的信錯過。信短到還有空白處可以畫一隻鳥。一隻寒帶鳥禽。內容再無疑問。浪蕩子想回家了。

他將要回來，但范西斯科不明白爲什麼。而且假如眞要回來，華特怎麼不去住海邊的膳食旅館？瓦馬雷斯的家裡沒地方住，爲什麼要回來？有十八個房間的宅子塞滿了殘留物、空洞與失物，屋裡盡是缺席與遠離。即將到來的訪客無處容身。倘若是另一個兒子要回來，情況自然不同，他會受到歡迎，房間也已準備妥當，若非如此也不會時時保持房間乾淨整齊，只可惜要回來的是不受歡迎的兒子。總而言之，在一個擠滿了已經離開的人的房子，沒有華特的容身之處。

范西斯科高瘦駝背，脖子僵硬，要往旁邊看得將整個身子轉過去。他在走廊來回走了幾次，拿枴杖敲擊每扇門。屋裡共有三十幾扇門，但他覺得沒有一扇應該爲華特而開。他寄回那隻鳥的遙遠地方，才是他的歸屬。他知道，他感覺得到那隻候鳥不會帶來好消息，他會破壞主持家務那對夫妻間的和諧，會介入庫斯多喬與瑪莉亞・艾瑪，會惹父親生氣，會讓三個小姪子興奮不已，也會讓如今幾乎亭亭玉立的姪女感到困惑。「不，別回來！」不料庫斯多喬出面調解。庫斯多喬就像那些尚未開戰便已失去一切的人，勇氣十足，而且他愛這個弟弟，這個小弟擁有他缺乏的一切。感覺好像他的另一半正在前來與他會合的途中，他迫不及待想迎回華特。他已經說好很快就會回來。根據那些愈來愈短，並總是畫鳥署名的信上說，這個浪蕩子將會在一九六三年一月二十二日晚上抵達。

36

時值一九六二年十二月。那一年與那個月都涵蓋在今天夜裡，那麼華特便會知道瑪莉亞．艾瑪有何反應。她是我看得最清楚的一個。

華特姪子們的母親時時刻刻有不同變化。小叔回來的事她隻字不提，只是躡手躡腳地四下走動，一聽到范西斯科拉扯嗓門用震天響的聲音唸出他寫給華特的信：「別回家，別回家！」就猛然止步。緊接著又是一場口角爭執。范西斯科竟然想讓返家的兒子吃閉門羹，太不可思議了。瑪莉亞．艾瑪會靜悄悄地走到走廊盡頭，把頭枕抱在懷裡的一團床單上，然後又抬眼望向長角豆樹，彷彿一艘艘揚著綠帆的船。那些船長滿常綠樹葉，在十二月天的土地裡盛開，同時以看不見的速度移動著，就像一群可能忽然開口跟她說話的野獸。瑪莉亞．艾瑪看到了這個。她從床單堆裡抬起頭，將床單放進衣籃，沿著走廊往回走，又停下腳步，恍然一驚，像是住在屋裡的某個幽靈忽然移動，從背後抓住了她。她打了個哆嗦，聳起肩膀，將臉埋起。她側耳傾聽。餐廳門縫裡，范西斯科又開始讀信：「別回家，別回家，華特！」爭執持續著。瑪莉亞·艾瑪跑過整棟屋宅，經過一扇又一扇的窗，從四方形宅子的這一頭跑到另一頭。她一本正經地來來去去，好像忙著做什麼正經八百的事，其實她什麼也沒做。有時候，一股勁竄上來，她會去檢查門把，轉來轉去，測試看看是否強固。她在房門叢林間前進。的確，整個宅子都散發著薰衣草還有改變的氣味。往年的聖誕節，瑪莉亞·艾瑪從未如此大動干戈地搬移這麼多東西。然而，當庫斯多喬跛著腳進門，不管她正在做什麼改變都會戛然而止，手拿毛巾或瓷器呆立原地，嘴邊則懸著尚未喊出口的亞麗珊迪娜名字。亞麗珊迪娜在幫忙，也同樣停了手。瑪莉亞·艾瑪清醒過來了。她的人生與靈魂攤開在所有人面前，像地圖般一清二楚。卜雷對剩下的工人說：「今年這是華特大兵的聖誕節。」是直到一月底才到來的聖誕。確實如此。我還記得一九六二年的聖誕節那天，瑪莉亞·艾瑪穿了一件絲質連身裙。

我記得那天冷風颼颼，記得瑪莉亞·艾瑪穿著夏季的絲質連身裙站在鏡子前的模樣。她的幾個兒子在外面玩耍，等她。木車已準備就緒。她站在樓梯頂端，看向鏡子的更遠方。庫斯多喬站在她身後，觀看著，也能看見鏡子更遠處的她。床上攤著那件更適合北地氣候的貂皮大衣，好像一個人張開雙臂在等著另一個人。

騾子驀然止步，鈴鐺似乎並不存在。房裡充滿冷冰冰的沉寂。他們倆都沒出聲。鏡子裡映照著白日夢，她是夢的囚犯，站在那個倒映的影像前，等待著。獨自一人，默默地，等待著。無論哪一本文法書，都學不到這齣沉默悲劇的詞形變化。接著，庫斯多喬走向她，走向瑪莉亞·艾瑪裸露的雙肩，說天氣眞冷啊。他更進一步，他說時間還早，華特應該還沒出發。如果搭船就應該出發了，但他搭飛機。他可能甚至都還沒整理行李，他會在出發前夕才打包，如果他的信可信的話，他還有二十天的時間才會出發。「還沒呢。」他說。「還沒？」站在鏡子前的瑪莉亞·艾瑪回神了，但並未顯露自己神遊了多遠。這時她才脫下洋裝，穿著尼龍絲襪、膝上吊襪帶、絲質連身襯裙站在那裡，裸露著背與肩膀，披頭散髮。瑪莉亞·艾瑪拾起洋裝，抓住領口，把它給撕了，態度不驚不擾，好像自己那雙手就是剪刀利刃。她臉色蒼白，雙眼直愣愣地盯著，洋裝扯破了。鏡子前的洋裝破了。然後瑪莉亞．艾瑪走過去，蜷起身子躺上床，躺在木床架上、被毯之下，彷彿只有那個框架和那些縐褶是她的歸宿，直到數日後才再度現身。

還有八天的時間，還有三天，還有兩天。就像史普尼克一號衛星的發射倒數。這樣一來，今晚，華特就會知道了。

37

長遠看來，那段即將展開的時間似乎只是幕間的休息，是短暫的一幕，發生在東邊一扇門開啓與西邊另一扇門關閉之間，而在那兩道幕之間有一聲呢喃、一陣激動、一段嘈雜，宛如寒冬沙土沸騰，宛如一陣內陸吹來的風攫住了連身裙，攫住了大衣下襬和雨傘。這一切彷彿都在單一天、單一個時辰發生。之前無聲靜默，之後靜默無聲。那段時間好似從百年歲月裡被挖出來，以便濃縮人生。因爲一切事情的發生都以那段時間爲目標，而後來的一切也都從那兒流淌出來，像在回應混亂、爆竹、騷動。騷亂發生在屋裡，回響在草木之間，在頭頂上飛快飄移的流雲之間，那雲有如從海上飛來的肥鴿胸脯。鴿雲從浪頭上來，越過懸崖，在大草原上前進，隨後到了陡坡上瞬間洩洪。會發生那樣的幸事，是否因爲她的等待，實在難說。瑪莉亞·艾瑪等待著。

等待的一天。

瑪莉亞．艾瑪三十多歲，風華正茂。她將髮梢弄捲，這是她在雜誌圖片中看見英格麗．褒曼的髮型。髮捲從鬢邊開始，一直延續到肩膀。她還上了妝，這麼做是爲了兩個男人。這我知道，我看見了，於是我喚醒那一刻的記憶。庫斯多喬又出現在她身邊，親自遞上化妝品。她知道。從他的神態看得出絕望早已冰釋，說明了他的寬容大度。他走過地板，將袋子交給她。

但瑪莉亞．艾瑪化妝只是點個口紅，如此而已。她的轉變在於嘴巴。在鮮紅唇瓣襯托下，白皙的膚色更加蒼白。瑪莉亞．艾瑪的嘴變成眞正的玫瑰，一朵珍珠般鮮豔欲滴的玫瑰，使得她雙眸閃閃發亮、髮絲變得柔順、腰肢更加纖細、腳板更小巧、腳踝更秀氣、雙手更細柔。往嘴上塗口紅讓她整個人表露無遺，這種情形無法解釋。她只有出席重要場合和上教堂才會塗口紅。如今她對著鏡子給嘴唇上色，而三個禮拜前，她就在同一面鏡子前，撕毀了一件絲質洋裝。不過那件遠比其他洋裝更私密的衣裳，此時已然修補好了。她站在鏡子前，穿了另一件藍色毛料洋裝，將嘴巴塗成粉紅色，略帶橘紅、略帶肉桂色，一抹淺淺的紅，還有當時流行的珠光色澤。她抿一下嘴，再把嘴唇往外嘟，接著繃緊，再塗一遍，這都已是第十遍了，這時候外面被套上車的牲畜刨起地來。庫斯多喬買了新馬，白白花了九千里爾，爲的是讓每匹馬都一般高。華特的兄長要瑪莉亞・艾瑪動作快點，好出發去接華特，本來是大兵，後來是軍需官，再後來是旅人的華特，誰曉得他現在是什麼。庫斯多喬親自爲她送上口紅。瑪莉亞・艾瑪還在反覆塗個不停。化不化妝的差別，就跟穿不穿衣服一樣重要。而她顯然是赤身裸體。

若非她赤裸身子，一個跛腳農夫怎會在妻子等候著小叔回來的日子，走進房間將口紅交給她？若非有一部分的她徹底赤裸，一個男人怎會爲了自家兄弟，冒著失去性命與摯愛的風險？庫斯多喬的一舉一動中有熱情、有愛，不只是愛，可能是在仿傚完美。華特不只是從澳洲來，他還來自非洲、南美、坦尚尼亞、安哥拉、南美海岸與加勒比海、西印度群島，也來自北國，來自北美、天寒地凍的加拿大。他身後拖著一大片世界，世界的靈魂，有一種穿梭時空的感覺。庫斯多喬彷彿知道自己什麼世界也沒有，他所失去的一切彷彿再也找不回來了，如今的他只能給予，只能遞出毛巾、遞過口紅。他把口紅給了她。她將口紅塗上嘴唇。她站起身來，頭髮仔細梳理過，嘴唇上了色，難掩內心的喜悅。瑪莉亞・艾瑪猶如一座受凌遲的島嶼，浮出水面後又沉沒。八天來她始終沒於水中，此時重新出現，唇色珠光粉紅，光彩煥發。隨後，正當她收起口紅，我們所有人幾乎都準備好要出發去接人，馬蹄也不停刨踏之際，華特到家了。他搭著計程車到家了。

38

我可以聽見計程車的車輪聲，與車子本身的聲音。華特進到院子來，原本躁動刨地的馬兒吃了一驚，頓時定住不動。計程車緩緩滑行過泥地，接著駛過石子，輪胎輕響逐漸靠近。一九六三年，計程車仍不常見。幽暗的車內有個穿淡色雨衣的男人，抽著菸。最先從車裡冒出來的是他雨衣的下襬，然後是拿菸的手，緊接著是一頭短髮與整個身子，直到此時，當他眼睛看著我們，兩腳穩穩踩在地上，華特大兵才真正現身。

他看見我們所有人都在門口迎接他。家裡沒有電，但是有電話。庫斯多喬在門廊上裝設了一部，爲了瑪莉亞．艾瑪和住在附近的人。華特事先打過電話，通知他要搭的列車班次。可是在里斯本，他耐不住性子等火車，便雇了計程車。他抵達時，我們都還困囿於瑪莉亞．艾瑪的唇色中，尚未完全準備妥當。就連她也還來不及穿上貂皮大衣、拎起手提袋，還沒調整好洋裝肩頭的部分，還沒穿上高跟鞋。庫斯多喬還沒穿上他的褐色大衣。范西斯科還沒戴上帽子，也沒穿上羊皮外套。華特的姪子們還沒繫好鞋帶。瑪莉亞．艾瑪的老大，也就是她女兒，還沒紮好馬尾。馬還沒套上車，掃帚和油罐還靠在車輪邊，華特就在這片兵荒馬亂中到來。抵達家門的他雨衣敞開著，露出裡面的深藍色西裝，另外有兩件行李，菸蒂捻熄在地。他就這麼出現在我們面前，而我們七人則愕然立正。然後所有人互相擁抱。

華特將范西斯科深擁入懷，臉貼臉、胸貼胸，雙手抱住對方的背。華特擁抱了大哥，臉貼臉，身軀緊緊相靠。同樣的擁抱，同樣的拍背。華特與瑪莉亞．艾瑪握手，親吻她的雙頰，喊她大嫂。「親愛的大嫂！」他一一將我的弟弟、他的姪子抱到肩膀高度，並親吻大女兒、他姪女的雙頰。他自己說道：「來親叔叔一下！」他自己這麼說。大家都這麼說，大家都同意。他們說：「妳叔叔華特回來了！」她是這麼說的。瑪莉亞．艾瑪的年紀幾乎不到華特女兒的兩倍，她也這麼說。瑪莉亞．艾瑪開心得有如風中蘆葦。那風，那微風，那活力本身來自那副初來乍到的身軀，那副令人目眩神迷的身軀有個愚蠢的稱號，叫華特大兵。她親口大喊：「去啊，妳快去把華特叔叔的房門打開！」看似不可能，但華特·狄亞斯確實活生生地在這裡，他回來了，他到家了。

39

華特進到屋裡，脫掉雨衣，坐到餐桌旁邊。火已點燃，他對著火搓手、甩甩捲髮，讓紅色圍巾繼續圍披在深藍色西裝外，在門口踏墊上蹭蹭鞋底。他在桌邊坐下，自行從盅裡舀了亞麗珊迪娜準備的食物，一面等他們開口，等他們叫他開口。他已準備好應付提問，卻沒有人問他爲何回到父親的老家。他的存在已說明一切。回來的他就像置身於自己居住的空間一樣自在，這裡就像他所掌控、適應、接收、裝飾、珍惜、授權與說明的空間。華特人在這裡，卻無須解釋，無須給予理由，他本身就是理由所在。范西斯科一如既往地坐在主位，也接受這樣的理由。有人問華特大兵爲什麼從海外回來嗎？沒有。是他自己深深嘆了口氣說：「好啦，大哥，我回來了！」同時拍拍庫斯多喬的手，大嫂就坐在旁邊。沒有人開口問，不論是那天或是接下來的日子。然後下雨了。

下雨了。一連下了幾天的雨，宅子被雨水所困。彷彿雨水有知，希望我們八人團聚圍坐在那張桌旁。有時雨勢滂沱，可以聽到它敲打著屋瓦、窗玻璃、關閉的門扉、滿溢的水罐、破裂的盆子。那是一九六三年的一月，如我所說，我們被雨所困。但無論我多常把這話掛在嘴邊，要淹沒那激昂的水聲實在不易。它依然那麼強勢、令人窒息，侵入今晚的月夜，改變它，讓它變得溼答答，充滿液體流動的聲響。今晚滿滿都是一九六三年華特抵家後那幾日的回憶。後來，聽說他將那條軍毯打包在一只行李中。我沒看到，所以不知道。行李箱在亞麗珊迪娜和卜雷打掃、粉刷、打蠟過的房裡打開來，當時沒有人提到毯子。後來，過了許久，他們忽然無中生有，說他那次回家時有毯子存在。不過那不重要，重要的是雨水將我們八人關在屋裡。雲從浪頭上來，越過懸崖，在大草原上前進，到了陡峭山腳下瞬間洩洪。屋子被雨水、被池塘、被豆田化成的白湖圍繞。烏雲大軍從屋頂上方呼嘯而過，將我們圍繞。那兩個臨時工孤單地待在門廊底下，穿著硬邦邦、如馬蹄鐵似的平頭釘靴的腳不停交換重心。他們也成了雨的囚犯，天氣的囚犯，就在外面倚靠著牆，與我們僅一門之隔。他們知道屋裡有個不同族類的男人，華特。每個人都看到華特了。沒有人問他爲什麼現身在此，爲什麼回到瓦馬雷斯，回到父親的家。在那個甜蜜的雨水監獄裡，有人問了另一個問題。是瑪莉亞・艾瑪問的。「這雨還要下多久啊？」瑪莉亞・艾瑪背對著我們站立，拉起窗簾，華特朝她走去，去看那厚敦敦、有白有灰、來自地中海的雲。那是他抵達後那幾天的事。

40

雨下了數日、一星期還是兩星期？還是不到一天？一夜又衍生出許多雨夜，一天又分割成幾個雨天，雨水降落在天空與豆田之間，大雨、小雨、聲勢驚人的雨，有時粗如繩索，有時細如絲線，有時如萬馬奔騰，卻又頃刻間天空地闊。可是在桌邊，在劈啪作響的火旁，日夜如一。火，桌，圍坐桌邊的我們八人。華特爲什麼回來？這時問這個問題多麼沒有意義。

第二天，他解惑了。

他終於向父親和姪子姪女、向兄嫂細說澳洲的生活，滑動的土壤、木屋、偏僻的農場、狂風沙、滅不盡的森林大火、海岸線。細說他在坎培拉、在雪梨、在墨爾本的生活。那裡的人是什麼樣，派對是什麼樣。印度是什麼樣，非洲是什麼樣。根據景觀與氣味彙整再彙整，無論陶醉或嫌惡都不同於他信上所寫，全部敘述都再次翻新，他彷彿再次開闢出一條周遊世界的道路，帶著童稚年少的喜悅，欣然探索每個國度的極限，以及各國的異同。到最後，仍繼續彙整。在他看來，印度太油了，一切都閃著光，就連滿布海藻的海水看起來都像橄欖油。澳洲太遙遠，非洲太荒蕪。然後世界開始改變，變得不和諧。他知道，因爲他去過印度。非洲愈來愈暴力，無法阻止，他預見了那裡的災難。所有愛好和平的人都應該離開。世界何其之大，偏偏總有人會愛上某一個地方。但他不會。只要隨時能出發前往下一地，無論在何處都能過得快樂。如此一來，便時時能享有繁榮與和平。他較喜愛美洲。其他兄弟選擇北美是對的，他自己也剛從安大略來。那是個截然不同的世界，在那裡可以過得好、過得平靜。在那裡，你可以在工作之餘做自己想做的事，他可以賺到足夠的旅費，還能有時間畫畫。不，他不賣畫，要是有人喜歡，他就直接送他。范西斯科心有疑惑，卻想不出任何話來反駁。他生平頭一次覺得，有一份好工作還能一邊畫鳥，不是不可能的事。

41

是的，他也提到瓦馬雷斯，但他的話叫人吃驚。本來在添柴的他丟下爐火，轉而告訴兄嫂說他們應該趁著老宅和土地還有價值，趕緊脫手，到沿海地區去投資做生意。還說這裡的土地零散，隔著遙遠的距離和高高的石牆，不值得投資轉機械化。他們應該搶先他人一步，投資休閒事業。休閒將會是金錢的流向，休閒將會是接下來的一大財源，是全世界重要的發展與改變動力。休閒將會是一種生活方式、一個目標、一項事業。總得有人投資，好好加以開發利用。

但范西斯科不相信這番話。休閒，在他聽起來，太類似懶惰、懶散和歡樂。休閒怎麼可能賺錢？雖然休閒與懶散大相逕庭，但這種字眼怎麼可能和「穩賺不賠」聯想在一起？一個產業怎麼可能仰賴其他人無所事事的欲望？萬一其他人不想無所事事呢？萬一他們想像他這樣一輩子全年無休呢？他可不會用一丁點家產去交換休閒事業。休閒什麼時候生出過錢？「有哪種休閒會有用？」浪蕩子的父親問那個他喚做兒子的人，一面用懷疑的眼光打量他。大家都說華特逼迫范西斯科，說他懲罰他或威脅他，其實不然。事實恰恰相反。

華特只是把他的論述說得更清楚而已。雨在下著，我們仍然受困，他說他是來告訴我們一切都將改變。雖然改變不會在一夕之間發生，但遲早會發生，而且已經開始了，他知道。華特是來告訴我們，該把瓦馬雷斯老宅移到別處去了，我們應該要像逃離暴風雨或火災一樣，逃離即將發生的事。那將是一場白火、一波黑潮，會讓我們困在平原中央束手無策。我們必須賣掉房子，離開、遷徙、把家帶往他處。這時候的范西斯科本該發火，他本該當著四個孫子的面，動搖這個放蕩兒子的形象，但他不想回應，或者應該說無須回應，因爲他有把握，他手裡有一張王牌。兒子庫斯多喬腿腳不便，所以絕不會離開。他會料理一切直到其他兄弟回來。

我看見了那次家族聚談時的范西斯科，看見他正與家人在解決家務事，在進行我等族類的一項神聖之舉。事實上，這父親的眼中帶著笑意，因爲庫斯多喬的腳踝猶如綁住他的船錨，承蒙上帝垂憐，讓他的大兒子得了那種病，也等於給了范西斯科的船隻、土地與屋宅一塊救命的浮木。庫斯多喬變形的腳救贖了他的財富、他的名聲和狄亞斯其他家族成員的名聲。這隻腳將我們與美好的往日（范西斯科的家宅仍是眾人心之所繫的往日）、與即將到來的美好時光，聯繫在一起。我們不能走，我們不能離開這塊土地。

這塊土地零星四散，後來狄亞斯兄弟們指責華特不該將它形容爲石頭帝國，也不該將我們生了火、遮風避雨的宅子形容爲那個石頭帝國中搖搖欲墜的總部。一派謊言。華特的姪子當中屬我最年長，我什麼都聽到了，華特說的話、他的言詞、他的遲疑，還有他嘴角輕叼著菸，深深吸氣了一口。我，當時還是他姪女的我，什麼都聽到了，但我根本沒聽見他說范西斯科的宅子是石頭帝國。或許是多年後，狄亞斯兄弟們把我和他搞混了。是**我**這麼對他們說的，我寫信跟他們說這棟房子只有傾圮的牆和灌木荒地，是個石頭帝國。瑪莉亞·艾瑪和庫斯多喬在這個帝國裡流連徘徊，就像兩隻蜥蜴遊蕩在古羅馬的水池廢墟。我也這麼寫了。但華特從未說過這種話，他從未冒犯過他們。那是胡說八道。他就是他，不是我。不過這也沒什麼要緊。

42

那個浪蕩子，那個到處漂泊的人，穿了深藍色西裝和羊毛衫，舉措古怪地畫起鳥來，好讓小姪子們能在地圖上看見他所認識的世界有什麼樣的動植物。他知道並且教導他們。他的姪女個頭比姪子們高，便遠遠地，踮起腳尖，越過弟弟們的頭上看那些畫。她看見華特先感覺一下紙張，甩一甩、翻個面，然後拿起色鉛筆，快速而大筆地畫了幾劃，修修細節，仔細將色筆圈起的區塊填滿，他的畫筆上上下下移動，動作在指間控制自如。有時候只是簡單幾筆素描，畫出不同鳥類與其居住的地方，但也有一些畫得栩栩如生，鳥的臉表情豐富，彷彿有靈魂似的。孩子們連續數小時俯伏在桌上，看著那張紙冒出一隻鳥來，接著又一隻，再一隻，還有一隻，一大群鳥從華特多產的手下逸出。心蕩神馳、安靜無聲，而此時外面下著雨。

不料，突然間畫畫停止了，姪子們看著華特，不發一語。范西斯科在添柴火，同樣不發一語。庫斯多喬在看著畫中的鳥、看著火。她也進屋裡來，也是沉默不語，也擺出觀望的態度，看似漫不經心，好像什麼事也沒有。然而事實並非如此。華特的姪女心知肚明。瑪莉亞．艾瑪進屋來時，擺出了防衛與攻擊的姿態，逃走的姿態。一個剛抵達的人的姿態。感覺上她全身上下都在動，由於她頂著捲髮的頭轉來轉去，她的氣息在雨聲底下、在屋裡，製造出一陣媚人的微風，與倒茶的聲音混在一起，爲那聲響注入新的力量，讓它變成澎湃激昂的瀑布聲。她的手一抖，茶水外溢，茶杯把手撞到酒杯，桌上出現紅漬。她喊了聲：「唉呀！」兄弟倆同時趕過去幫她。她用同一張上了口紅的嘴對兩人笑，但很顯然，瑪莉亞．艾瑪塗口紅只爲了華特一人。她是青春正盛的女子，爲了過訪的愛情動心，心中燃燒著熾烈慾火，被即將得到的擁抱置於死地。愛情，戴著粉紅面具的愛情，一手搭在她肩上，將她推向它視爲歸宿的人體。我可以看到她俯身向著桌面，手裡拿著茶壺，臉色泛紅、雙腿打顫、頭髮散落。我可以看到她直起身子，端著茶壺跑到窗邊，對著大片即將靠近的雷電雲驚呼。「唉呀！」她又嘆了一聲。瑪莉亞．艾瑪三個年幼的孩子跑到母親身邊，庫斯多喬將孩子拉離窗邊，將瑪莉亞・艾瑪拉離已經不遠的雷電，他攬著她的腰，帶她離開窗口。范西斯科把火打滅，亞麗珊迪娜在關燈，華特在安撫每個人。閃電爆發。他知道在東方有女性的颱風和男性的颱風，他知道有危險的氣流，知道有暴風雨會改變河道。他知道一些天災，知道非洲的風暴、印度洋的風暴、知道翠鳥會啼鳴警告風暴即將來臨，知道卡賓達的雨、幾內亞的雨，知道赤道的閃電能將整片森林一劈爲二。但另一方面還有雲、有白色的暴風雪，有房屋被一大片寒冰所困。那些雲沿著歐洲東南海岸流動，穿過那個洞開的門戶，在那兒惡劣天候只是輕輕擦邊過，和大自然的劇烈震盪根本無法比，像是佛羅里達的颶風，他從未親眼目睹過，但在環遊世界一小區域的旅途中，曾聽聞親眼見過的人描述。不過他眼睛依然看著鳥，逃離的鳥。由於庫斯多喬的臂彎仍護著瑪莉亞・艾瑪，她當著華特的面縮回到他懷裡。華特就在她面前，就在她和庫斯多喬的孩子們面前，在他父親與他女兒（所有人都說她是他姪女）面前，也在她丈夫、他喊做大哥的人面前。不過我們沒事，我們身在陰暗暮色中，被雨、被短暫的雷聲圈囿著，雷雨緩和、消散、捲土重來，彷彿想把興奮、困惑、慌亂、被雨海所包圍的我們全部帶走，一去不返。

43

范西斯科怎麼也開不了口問小兒子爲什麼回來。答案明擺著。他將自己占據的空間完全塡滿，讓他四周圍的每樣東西都不可或缺。他蹲在餐桌與爐火間，跟他喊做姪子姪女的四個小孩說話，一邊解釋一邊畫鳥。他看不見那些鳥，卻知道牠們安穩地躲在洞裡，等待暴風雨過去，以便重新築巢。他認得布穀鳥、紅尾鴝、知更鳥、旋木雀、蜂虎、鶺鳥、夜鶯、金黃鸝。至於顏色，他知道上哪找牠們的淺色羽毛、暗色羽毛、牠們的喉、頭、冠、頰、臉、眼與牠們的長尾羽毛。他大聲地說：「要畫一隻鳥，不管是什麼鳥，都得從蛋開始畫。鳥的體內總有顆蛋，那是牠的內在形狀。畫完蛋以後，再用最不重要的部分，也就是羽毛把它包圍起來。不過畫羽毛也要小心，因爲那是鳥的美貌所在。畫羽毛的時候手要很穩。再沒有比畫羽毛更困難的了。」姪子們去拿了一根來，他撥開羽枝，又重新合攏，讓孩子們瞧瞧羽軸的彈性與韌性，然後說：「好，現在我們就來臨摹。」

但他隨即又說鳥的羽毛成千上萬、層層疊疊，形成一簇簇光滑羽衣，我們知道它的存在卻看不見，如果半瞇起眼睛，就會看見一隻鳥好像色點的排列組合。「我就來畫一個像那樣的！」他拿起炭筆和橡皮擦，慢慢地將色點連接起來。他說著話，雨在下著。我記得那雨，和雨的停歇。「再畫一隻，再畫一隻，再來畫一隻在飛的鳥！」

44

當暴風雨經過，轉往其他歐洲地區後，豆田變成無數水坑集成的湖泊，深邃得看似藍色。寒冷發威，大片水面結了霜，平滑如鏡。天空倒映在這水鏡之中。華特用雨衣裹住全身，打了通電話。他說電話費他會出，說那幾個月裡的一千費用他都會出。他會打電話，請對方回撥，然後等候。有電話找他時，他會關上門，好像有什麼祕密瞞著所有人，準備讓大夥大吃一驚。他會笑。華特會笑。他不知道後來兄長們是怎麼說他得意忘形，邊講電話邊笑，但現在的他就是在笑。他經常笑。華特特有的笑。他那張瘦削變化不定的臉、他的一口白牙、黝黑的皮膚、淡淡的眼眸、一頭捲髮，除此之外還有長雨衣，和一根接著一根的香菸。接著他出門去了。他不想駕馬貨車或四輪馬車，那輛老舊的、背後拖著上一個世紀宛如拖著一條長尾巴的四輪馬車。華特穿上橡膠靴，走過那些霜面鏡，穿過映照在鏡子裡、結冰的豆田，沿著通往大路的小徑漸行漸遠。從我們觀望的窗台，可以看見他雨衣閃爍的微光。他要上哪去？會回來嗎？整整四個小時，我們全都覺得他再也不會回來。范西斯科想到，浪蕩子永遠都是浪蕩子，變不了。正當我們愈來愈焦慮，忽然從屋裡聽見車輪聲。我們跑到窗前，跑到街上，看見華特乘著一輛汽車回來了。一輛龐大、完美的黑色雪佛蘭，遠比計程車還高級。「是汽車！」大夥全都嚷嚷著。華特·狄亞斯，范西斯科·狄亞斯的小兒子，有一輛車。

45

是的，那是一輛黑色雪佛蘭，閃著鉻合金光芒，灰色內裝，亮晶晶的儀表板，還有擦得一塵不染的後照鏡，這是個可以居住的空間，是一間活動房屋，它成了那天的最高潮，那天興奮之情的最高潮。范西斯科站在所有人的最前面，麻木無感，好像喝了什麼湯藥讓他忘了那群不在場的兒子。而那趟東西方之間的旅程，僅僅只花一天。

那趟旅程有一個目標、一輛交通工具、一個司機，有乘客、泥巴、噴濺的泥巴，有一些惡劣的汙漬破壞了車子的閃亮表面。它有一條道路、一條路線，它有興奮尖叫。尖叫的是我們，華特的這群姪子姪女。那段時間裡，他的親生女兒不介意當姪女，她坐在華特叔叔（其實是她父親）駕駛的黑色大帆船裡，高興得大叫。為了交換那令人難忘的喜悅感，她可以毫無困難地偽裝。「可以走了嗎？」

他問道，說著便駛進泥濘道路。我們在移動。是的，我只是姪女，而我真的不在乎。就算地位更不堪，就算只是前半個字，或後半個字，或甚至只是一個字母都沒關係，只要我能坐著那輛屬於我父親（我喊做叔叔的人）的車出遊就好。弟弟們和我。我們全都興奮得在大車裡尖叫，這是華特回到瓦馬雷斯老家的第三個禮拜買的。一部巨型汽車，一個龐然大物，散熱器的金屬隔柵就像我們的銀叉，灰色麂皮椅墊好像手套。純潔無比。我記得。如果真如他們後來告訴我的，當時他把毯子放在車頂架上出遊，我並沒有看見。如果他放在後車箱，我完全沒發現。即便當時有一條軍毯跟著我們四處跑，連綿的大地淹沒了內容物，我們自己也被那個四輪大桶、被那艘有頂的大帆船所吞噬，而濃縮的船帆就踩在華特腳下。什麼毯子的，不管存不存在，都不重要。我們只是全身心地沉溺於移動，就好像毫不費力地在划水游泳。我們就這樣置身於大車的密閉空間裡，擠成一堆，沿著小街大路奔馳，以九十公里的時速行駛在N125國道上，以那狂猛的速度粉碎了田野的癱瘓無力。最初那幾天是即將到來、萬流歸宗的時刻的一部分，那是逐漸接近卻尚未來臨的喜悅季節，我們還沒過那個彎，甚至還沒開始打斜。我們還沒笑出最宏亮的笑聲，我們嘰嘰咕咕地輕笑，甚至還沒高興得大喊大叫。我們沒有問華特為什麼回來，因爲很快就會知道了。我們會知道他的目的何在。

是的，汽車似乎是爲了某種目的。車是個特別的場所。但儘管那麼大一輛車，從它能載運的人數看來，體積與容納量卻不大。也就是說，我們從未如此貼近過。緊密感拉近了我們的距離。那便是目的所在。

46

華特戴著墨鏡，打開四個車門，請我們上車。他讓兩人坐前面，五人坐後面。分配各人位置，然後所有人吵吵鬧鬧坐定位的過程，有種馬戲團的味道，好像進入一只會帶我們往返瓦馬雷斯老宅的金籠子。臨時工站在一旁，我們爬上車去。范西斯科最先坐上右前座，將么孫夾在兩膝之間。庫斯多喬隨後上車，坐到後面中間位子，接著是瑪莉亞·艾瑪和她的另外兩個孩子，他們的孩子，老二老三，然後才換她，華特的姪女上車。瑪莉亞·艾瑪的頭枕靠著車窗，正好面對後照鏡。而她十五歲的女兒則坐到右側另一頭，因此可以從鏡子裡看到誰在看誰，可以看到華特。只不過這個女兒不是女兒，是姪女。這時候，等車門都關上了，華特才上車。我們於是啓程出發，所有人都集結在同一個底盤上，受同一顆引擎驅動，被相同命運承載著。所有人都必須上車，華特與瑪莉亞·艾瑪彼此才能觸手可及。她坐在後座，在丈夫與孩子旁邊，兩隻膝蓋緊緊頂著前座的後背。華特問道：「妳眞的不會不舒服嗎？」不，她不會不舒服。事實上在車內，瑪莉亞．艾瑪覺得舒服得很。

她將貂皮大衣放在腿上，與丈夫和兒子們並肩而坐，手搭著前座，感覺很舒服。她就這樣安坐著，抱著貂皮大衣，大夥都刻意靠近彼此的身體與生命。因此，在一九六三年二月，所有人都一起擠進這艘黑色帆船，駛過淹水的田野、發芽的豆田、泡水的小麥、腐爛的乾草、叢生的雜草、泥濘的牆壁、傾頹的建物立面，使得它原本完美無瑕的黑色底盤濺滿泥巴。我們乘著船筏一起前進、談天，製造出愈來愈大的聲浪，無法分離也無法結合。我們是在哪裡打造了這條有毒的銬鍊？是什麼將我們拉向同一個中心，卻又同時硬將我們隔離開來？我們不停前進著、前進著。我們往法羅去逛街購物，中途在碼頭邊暫停，去看棲息在船上的海鷗。我們拍了幾張合照，裡頭每個人都只是個小黑點。然後我們回家，興沖沖地。車上是怎麼回事難以理解。親近的距離激勵了我們，我們是一群漂流的人，快樂地唱著歌——她會說一句，他會答一句。我們回到了瓦馬雷斯，臉上紅通通。

在那輛大車上，庫斯多喬好像瞎了，范西斯科好像啞了，瑪莉亞・艾瑪的孩子們好像有用不完的精力。每個人都想去看浪花，去看浪有多高。華特於是掉轉船頭，往夸爾泰拉去。瑪莉亞・艾瑪往前傾身，吸一口海風，也吸入小叔華特的香水味。我們全都又聾又瞎。有時候，只有他們倆沒下車看浪花，看海水的泡沫舌頭舔舐我們的鞋襪。他們留在座位上，坐得筆直，讓每個人都看得到，動都不動，也不看對方。靜定不動，文風不動，像癱瘓的鳥。他們等著我們回去。我們大嚷大叫地回到車上，然後回家。對於那不可言說的現實，我們既瞎又聾又啞。我們什麼也不知道，什麼也沒看到。

范西斯科也同樣瘋了。

他穿上一雙連一根鞋釘也看不見的皮靴，下樓到廚房，這是他從未涉足的地方，即使偶爾需要整建，他也不曾來監工。他忽然衝進去，站在堆滿鍋碗瓢盆和剩菜的桌子，與還燒著火的爐子中間。在這裡和亞麗珊迪娜說話很恰當，就在這裡告訴她說他小兒子剛從加拿大回來，或者更精確一點，是從一個叫安大略的湖邊一座城市回來的。她知道那在哪裡嗎？這太複雜了，一時說不清。亞麗珊迪娜站在中午的殘羹冷炙之間，一臉愕然。只見東家語帶威脅地說：「從現在起，不管是妳還是誰都不准喊我小兒子大兵。誰都不許再喊他華特大兵。他跟每個人一樣有名有姓。他叫華特．狄亞斯，就跟我，他的父親一樣。」他最後補上一句，十分自豪。是啊，連范西斯科都瘋了。

47

但事實並非如此。到了晚上，還有人變得更瘋。

或者應該這麼說，在隨雨而來的寒夜裡，生存的本能倏然活躍起來，一聲示警的召喚，心靈響起了警鈴。因爲他二人發出了清晰可感的訊號。深夜裡，瑪莉亞・艾瑪和華特會在屋裡徘徊。大夥都知道。午夜時分，她會拿著油燈走過走廊去倒水，你可以聽到她拖鞋的熱切呢喃。樓下的華特會出門去，你會聽見門閂滑落，接著是雪佛蘭車門開啓時尖銳的金屬喀嗒聲。然後他會進屋來，水牛皮鞋的橡膠底減緩了腳步聲響。從那兩組腳步聲聽來，他們肯定看見了穿著睡衣的對方。他們的確看見了彼此。即使沒有，也像看見了一樣。他們是盲目的。屋裡閃過一道陰暗無光的閃電。庫斯多喬知道。當時候，他和瑪莉亞・艾瑪睡在西廂房。瑪莉亞・艾瑪會早早地，在庫斯多喬之前起床，注滿水壺，然後在一旁等著水開。也不知爲何，雖無人進出，華特的臥室門卻會打開來，然後十分鐘、十五分鐘，悄然無聲。

接著我們會聽到擊錘只敲響一側大鐘，猶如一座跛鐘，那是庫斯多喬不對稱的腳步聲。他那規律得像鐘擺似的不規律腳步，朝廚房走去，在那兒停了下來。庫斯多喬的腳步是刻意發出的警告。范西斯科也會出現，在最後一點顫巍巍的星光消逝後，打赤腳，穿著衛生褲和羊皮外套，站在遠遠那頭的窗邊拉開窗簾，看著風雨將至。大熊星座與其守護者。瑪莉亞·艾瑪離開了廚房。庫斯多喬上樓，我們又再次聽見他那隻不利索的腳步節奏。彷彿低音鼓敲打出警訊，回響在黎明的屋裡，爲了他們也爲了他自己，釋放出每個人自衛、守護的本能，因爲他們知道那一刻的危機與風險。他們從未明說，但是在他們全身心最暗的暗處，那個可以感受到不可言喻之感的地方，他們知道要繼續是不可能的事。「會有人死。」他們心想，但沒說。這屋裡會有人死去，或者應該說，「這裡有個多餘的人。」有人坐在床上，想著其他人在想的事。尋思的人最後得到結論，多餘的人是她，那個姪女，華特的女兒。

多餘的人是我。

不過華特的女兒將那個念頭的明顯後果擱置一旁，等候著炸彈爆炸，等候著這棟十八個房間的宅子在夜裡爆炸。她等著范西斯科驀地醒來，把兩個兒子其中一個趕得遠遠的，而且那個兒子不是華特。然而這樣的事並未發生，因爲我們沒有看見每個人所看見的。

48

屋子外頭，庫斯多喬又被叫成「烏龜」。庫斯多喬知道，卻不在乎。我們正要去做彌撒。祖父、孫子、她、烏龜和我，全家人，也可以說是除掉所有離家的人之後剩下的家人，剩下的人生出的家人，范西斯科．狄亞斯的葡萄牙家族。我們全都裹得緊緊的。

她走在前面，穿著毛皮大衣，四個孩子圍繞在身邊，穿著平頭釘靴的公公在前，華特與庫斯多喬在後，兩人都穿了水牛皮鞋。她塗了肉桂粉紅色的口紅，帶著一點橘色、一絲血色，皮膚暗沉，眼神黯淡。教堂裡的人性成分受到擾動，影像也是一樣。人人都知道這是犯罪，卻無人膽敢出言斥責，只不過他們也說不準禁忌與許可的界線在哪裡。教堂裡滿是不安的情緒、強忍的笑意、堪比蒼蠅或變色龍的斜視目光。目光從捧著玫瑰經的手轉向主祭壇上方受傷的聖巴斯弟盎，但並未就此打住，而是立刻迴旋瞥向狄亞斯一家人，只見他們不斷起身、坐下、屈膝、劃十字，有如虔誠信徒。聖巴斯弟盎教堂彷彿出現了邪物，出現了有形的罪惡，出現了惡靈佯裝成狄亞斯一家人，由那個人帶頭，那個多年前被稱爲華特大兵的華特。然而就連那樣的劣勢也有其特殊之處。他們的處境占有一種優勢，阻絕了那些眼光，將嘈嘈切切的謠言隔絕在外，保持一定距離。狄亞斯家族演繹了一場進行中的戰役，奮戰到底，至死方休，既是爲了自我防衛也是爲了自我原諒。由此可證，世界是罪惡孕育出來的。「*Orate pro nobis*（爲我等祈禱）。」我在他們開口前先說了。然後我們站起來，轉身，再跪最後一次，動作整齊劃一，有如一頭受傷的動物，渾然不知自己的傷口暴露在眾目睽睽之下。不僅如此，我們還慢慢走回車旁，上車，炫耀地打開雪佛蘭的四扇門，以如今已成習慣的馬戲團模式各自就坐。隨後離去。人人皆知原罪籠罩著這一家人，我們被一隻離群的巨大章魚蒙上了陰影、烙上了汙名。

49

彌撒過後，隨之而來的是週日午後，收音機大聲地放送音樂。華特喊道：「收音機在播舞曲呢！」我可以聽到一九六三年三月那個週日下午的音樂。庫斯多喬踩著不利索的腳下樓，看見三個小兒子將華特團團圍住。范西斯科走到收音機旁，盯著箱盒，想看看那音樂是不是眞的。庫斯多喬往樓上喊：「瑪莉亞．艾瑪，現在在播《波麗露舞曲》。」瑪莉亞．艾瑪下樓來，坐在椅子上，直勾勾地看著收音機，一隻腳踢著椅腳打拍子。舞曲耶！可是沒人會跳舞。華特把兩張椅子往後挪，假裝和一個舞伴在跳舞。庫斯多喬對華特說：「你怎麼不跟她跳呢？」於是華特拉起瑪莉亞．艾瑪的臂膀，她也彎起左手放到他肩上，並將右手交給他。庫斯多喬將沙發和其他椅子推靠到牆邊，騰出大一點的空間。他們站到那塊空間的正中央，庫斯多喬與瑪莉亞．艾瑪的三個孩子則占用其餘的空間。孩子們趴在地上到處爬，身子搖晃得活像發情的貓。他們面對面圍成圓圈，像一群四腳動物在舞動。瑪莉亞・艾瑪和華特環抱著對方，從這一頭舞到另一頭，一面避開孩子們。庫斯多喬終於對孩子失去耐心，便將他們驅離中心，趕到椅子那邊，然後粗聲粗氣地喝令他們乖乖坐著別動。他才剛剛把孩子集中管理好，收音機便播報舞曲節目即將結束。庫斯多喬和瑪莉亞・艾瑪的孩子們開始打起架來，庫斯多喬往他們頭上各賞了一記爆栗，而方才因爲與華特靠得近而感到不自然又暈陶陶的瑪莉亞・艾瑪，這時如夢初醒，也拿孩子出氣，打他們耳光。其中一個孩子開始嚶嚶哭泣，接著大聲起來，最後嚎啕大哭，另外兩人也加入，結果誰也沒聽到節目的尾聲——**先生女士們，又是一個平靜的週日午後，謝謝各位準時收聽我們的舞曲節目。我們下個星期日再會……**

50

事情發生在次日。

那是華特停留期間（當然是由無數個日夜交織而成），唯一燦爛美好的一天。在舞曲的暗示下，我們的雪佛蘭旅程有了另一個方向。這次往西走如何？好啊，有何不可？

於是我們往西行。我們再次出遊，轉彎時斜到一邊，直線行駛時身子打直。大車一路往西，載我們經過田野、小丘、高山、灰暗的灌木叢地、枝幹歪扭的橄欖樹、矮小的無花果樹。萬物退到兩旁，爲我們、爲黑色汽車開道，送我們奔向沙格里斯那個歷史悠久的大海岬，在那大片景致中，我們不管是誰都只看過燈塔的燈光。我們像要出發去野餐一樣，帶了一籃水果，相機掛在肩上，忽然間車停了，我們下車，天空變得遼闊，我們走過一大片石頭地，來到深淵前站定。

范西斯科不敢相信，這塊地角畢竟和自己的房舍農場所在的土地相連，卻竟有這樣一道深淵。風在吹著。遠遠的下方海水拍岸，泡沫上湧。我們去看了燈塔的放大鏡。大大的玻璃鏡片，好像某種至高無上的東西。我們個個啞口無言，驚愕不已。那鏡片是一支直指深淵的箭，形似裂成兩半的月亮，就像另一個天體。它燁燁生輝，燃燒著冷冷的光芒。燈塔的管理員在說話。他說到大陸的盡頭，說到發現新世界，全是華特已經說過的，我們再也不感興趣。我們不想知道那古早的事，不想沉迷在那古早、古早以前，你可以跨越沙格里斯與長島之間的距離。地表連成一體，漂浮在地球的一側，可是我們對那番地理演說興致缺缺。我們只對深淵有興趣。那片玻璃半月根本就是指向深淵的食指。我們走開來，風似乎想將我們帶向無名的地方。在那裡，大海不再叫做大西洋，而只是一片浩瀚無垠的汪洋，漂流著；土地也不再是一個省或一塊路地、一條馬路、一座城市，純粹只是土地。我們四周的自然力都在呼號著要回歸遠古，在怒吼著、推著我們、攫住我們的衣服，指向深淵。我們只須回到黑色車上即可，像返回陰暗子宮一般，快步往回走，逃離那個要將我們拉向海水深處的地方，那個海浪澎湃拍打的楔形土地。我們逃走了。這時候，穿著貂皮大衣的乘客卻與我們反道而行，奔向岬角。

那上頭的風不是輕輕地吹，而是強勁、無畏、無形，宛如誘惑。我們從車上看她。我們看到瑪莉亞．艾瑪脫去高跟鞋，扯下大衣，朝崖邊逐步靠近。庫斯多喬勉強朝著她跛行幾步，但第一個抵達岬角最後一道稜線的是華特。是華特將她帶回，將她的大衣拂拭乾淨，將她安頓到前座，是他安撫了哭泣的她，把她從深淵拉回。那個深淵。現在我們要回去了，每個人都換了位子。在我們所有人面前，他輕撫她的髮絲，直行時拉著她的手，換檔時也將她的手放到自己的手下面。他當著我們所有人的面撫摸她，大膽地、毫不害臊，好似旁若無人，好像他們的椅背形成一面屏風，將他們與外界隔離。那個坐在他們後面的外界。那個呆若木雞的外界。她的幾個小兒子呆若木雞，不知該往哪看。我們後座的六個人，個個呆若木雞。我們全擠成一團，互相堆疊，我們是一群悶悶不樂的牛，正坐著靈車要回瓦馬雷斯的家。

我們再也無法上那輛車。

51

華特把車停在運貨馬車旁。他淡淡的眼眸帶有一股恨意，彷彿爲某人冤死感到不平。

此時，我能看到翌日清晨同樣的那雙眼眸。我能聽到他起身、打開前門、點亮油燈、搬動家具、笨手笨腳地打開抽屜、在黑暗中踱步。我能看到漸退夜色下的他，而此時此刻，那一夜即是今夜，是任何一夜，在屋子——這棟屋子——四周的小徑兩旁，杏葉飄落，鋪成一層薄薄的、柔軟的地毯。他雨衣的微光暴露了他在泥濘小徑上的行跡。華特已穿好衣服、做好準備。他從雜物間拖出一堆東西：紙張、衣物、破箱、破盆、鋤柄，丟到地上。他粗魯地、驚天動地地把雙輪馬車拖出雜物間，用斧頭劈成碎片。隨著黎明來臨，你可以聽到斧頭劈砍馬車，可以聽到他把碎片拖走、把車子底盤推下斜坡，可以聽到搖搖晃晃掛在上面的篷頂轟然摔落。車輪、車轅、木板、車軛，全部堆積成山。瓦馬雷斯宅子的窗戶一一開向黎明的寒意。亞麗珊迪娜和卜雷甚至提著燈前去，甚至聊了幾句，但隨即退縮、離開，和我們一樣靠著牆旁觀華特掙扎。我們知道接下來會如何。驀地，在那個出奇寒冷的三月清晨，火焰竄起，照亮了屋子正面與院子。華特即將離去，同時除去自己的足跡，他再也不會回到這棟宅子。

此時，我仍能看見火光中的他與火光投射的影子，能看見寒冷中的他，融化的霜所映照的他。水平順地流過泥巴地。冰晶如窗子般粉碎，我仍能聽見他離去。他會在破曉前動身，不再回來。與華特·狄亞斯相關的一切都不會再回到這座宅子，除了有關他回家與離家的神奇傳聞之外，這些都只是最近的事，卻說得模模糊糊，好像中古世紀的故事似的。關於他只會有來自遠方的消息，而他不同畫作的消息，端看他遊歷到什麼地方而定，最後他的軍毯會送回來，使得沉默更加沉默。西側的牆斜斜降入大西洋，對面，在磊砢小山與細長的碎石沙地間，是我們的家。至今依然是。「我們的家」，是什麼意思呢？

然而我下樓擋住他的去路。我把身子橫在車子正前方，他下了車。

他一把抱住我，貼著那件被他的熱切掙扎與火焰燒焦的雨衣，我於是收集起他頸間與覆蓋住衣領的頭髮溫度、他的氣息、他的香水味。我把這些都收集起來，倒入一只深杯。華特在瓦馬雷斯的最後身影從潮溼的清晨升起，彷如冰上的蒸氣，拚命地浮向水面。夜裡生的火，天破曉時還在燒著。我把他想像成火焰，黎明曙光中一把細細的、卻始終燒不盡的火焰。窗戶開了，每個人都往外看，包括瑪莉亞・艾瑪在內，但誰也不敢吱聲，就好像深淵做了喬裝，以不同的水沫、不同的岩石，出現在不同的地方。沉默隨後而來。

52

就在幾天前那個雨夜，華特怎能說他什麼都沒給過我？我繼承了那段沉默之前細細私語的人生。我成了他們情愛與激情（由於性格相左而產生的激情）形象的繼承人，那個形象穿過了多年的沉默，十年、二十年、三十年，然後依然如履薄冰行駛其上的車，到來、停止，被沉默所包圍。猶如安適的幽靈。瑪莉亞・艾瑪與華特在車內，儘管我知道他們從未單獨出遊。柯達快照可以證明。我們拍了照，照片留下來了，活像彎翹的屋瓦。瑪莉亞・艾瑪與華特從未在一起，總是分開來。我和華特也是分開來。他和我總是離得遠遠的，就像和她一樣。也許我是她，或者他是我，我不知道，永遠不會有人知道，除非在遙遠未來的某天，我們的祕密起了變化，埋藏在地下的愛戀之謎在另一個地方如花盛開。

她本該享受一個女人應有的生活，為了做她自己，她理應拋棄我，但她沒有。她不知該怎麼做，既無管道也無方法。她不知該採取什麼步驟才能弄掉蜷縮在體內的孩子，因此才會任由事情發展得比自己期望的更久，我則接收了她那死去的部分。就這樣，她和我，遠離了他。我始終離他很遠。中間隔著一堆人頭的我們不像父女，不似第一張照片中那麼像，我們不再頂著相同的小捲髮。我的臉往不同方向起了變化。一九六三年的隆冬時期，我在頭髮上抹油，用熱吹風機把頭髮燙直，希望有所改變，之後我就不再像他了。可是當我靠近他站，神似的形象又會重現。何況那個雨夜裡，當我們站在像海藻一樣薄的連身鏡前，便已經得到證實。油燈照在我們散亂的頭髮上，他對我說：「天哪，我們竟然這麼像！」

要不是因爲我，瑪莉亞・艾瑪會和華特在一起，而庫斯多喬會和另一個女人生兒育女，我的弟弟們也會是瑪莉亞・艾瑪・巴提斯塔和華特・狄亞斯的兒子。也許只有他們會存在，我不會。我是個因爲意外、一時衝動、拐錯了彎，因爲年少輕狂加上精力旺盛而出生的孩子。不，我不會存在，只會有我三個弟弟，在他們的理智與愛情中誕生的孩子，那麼車上就會有較多空間，因爲我的位子上沒人，因爲我不會存在。所以，那艘黑色帆船來到我們家門口，結果卻沉沒得無影無蹤，這得怪我。是我的錯，我要負的責任遠不只是罪過那麼簡單，因爲它來自一個我都尚未出世就已經發生的狀況，一個與生俱來的情況將我塑造成罪過本身的形象。水塘、雲朵、海灘、路口，所有我們經過的地方，我都應該爲自己的存在向它們道歉，那是指點我該如何放棄的基點，是就此離開或是消失在無盡的遠方。這是個令人憎厭的罪過，令人難以承受的罪過，卑劣得有如慢性自殺，但我還是容許自己繼續存在。十五年了。爲了存在，那些歲月與任何可能的力量達成了沉默協定。

因此，在車上我從不說話，只會大聲吶喊，而且一次都沒有直接和他交談過。我從未直接和任何人交談過，連弟弟們也不例外。我們會互相打來打去，他們會出言辱罵，但我從未吼過他們，就像我不在場似的。即使在搭車出遊的美好時光，我也會盡最大努力讓自己既不在場也不缺席，以免我的存在造成他們的負擔，也免得我的罪過加深。在車上我總是沉默不語，彷彿緊緊抱住一條龍，心知龍一旦逃脫，我們無一人能倖免。如今最後一個清晨正要開始，一陣噪音劃破寂靜，是車輪的噪音，而那噪音宛如一個由寒冷與寂靜形成的閉鎖環。

53

何況，這是她，瑪莉亞·艾瑪的指示。華特都還沒有到家，她就要求我保持沉默。

在她下床之後，在她扯破絲裙大鬧一場之後，當她開始耽溺於等待華特的喜悅，猶如耽溺於一種無害毒品帶來的欣快感，並窮盡她三十年人生之力再次與生命緊密相連之際，瑪莉亞·艾瑪拿著我和華特的合照來找過我。我知道她可能會從那張被她藏在意想不到之處的照片說起，殊不知瑪莉亞·艾瑪之所以在華特到家前讓我看照片，是因爲想請我看在三個弟弟和庫斯多喬的份上幫個忙。這個忙是這樣的，她希望我一定隨時都要叫華特「叔叔」。她請求我，拜託我，行行好，千萬別叫錯。只是把「爸爸」兩個字換成「叔叔」，我會有什麼損失呢？她這麼問道。拜託，我一定要好好想想她的要求，一定要合作，千萬別犯錯。「不能喊錯，求求妳了！」她眼中閃著急迫的光。瑪莉亞·艾瑪希望我好心幫忙，加入歡迎的行列，只是我主要能做的就是保持低調、沉默，還有最要緊的是「叔叔」這個稱謂。一切就指望我了。我們能理解對方。我們幾乎從未說話，卻是那麼親近，剎那間，站在窗邊的我們看著彼此，發現我們年齡相同。天氣不太冷，儘管還只是一九六三年的一月初。是的，從那天起，我們簽訂了沉默與合作協議；而此刻，站在黑頭車前，知道他即將離開的我，正在與他的啓程合作。瑪莉亞．艾瑪要求我低調、沉默，不是嗎？好啊，我就沉默。這沉默在冬末隨著華特的離去降臨。

是的，沉默的時刻降臨了，沉默的世紀，是他用篝火的聲響開啓的，在貧瘠豆田旁的空地，在我們院子所在的光禿沙地斜坡。如今我們的院子依然還在這裡。沉默指著即將發生的事，它指向土地的未來。沉默伸著指頭指向即將發生的事，指向土地的未來走向。沉默說天堂會像那樣。大大的空間空無一物，在那兒誰都不會記得什麼，在那兒一個人也沒有，無須記得什麼。在天堂裡，什麼都不存在，沒有欲望、沒有痛苦、沒有任何情愛的記憶。天堂會像那樣。溪流凍結、白雲闕如，到頭來一切宛如虛無。天堂會是一片虛無，而不像在人世間這樣，尚且不像。我們仍像獸類一樣到處移動，我們仍修築道路，一切都還在動，即使我們存在的目的充其量只是爲了跌跤（這便意味著我們曾經存在過），爲了在時空中不斷地往回溯，直到我們根本不存在的那一點。是的，那就是天堂的模樣。那天清晨，范西斯科的家開始像天堂了，華特的女兒後來會這麼想，並將想法寫在學校筆記本上，因爲她父親留下的手槍保護著她，不是遺留，而是留下，是贈與。我還記得那沉默，那朝著世界現實面與物質密度前進的過程。我記得自己試圖推開沉默。我們在車內體驗到快速移動，我就是在那移動中尋找以前存在過、驅策著我的聲音。那些聲音來自一種欲望，想重現華特輕軟腳步聲的欲望。他從冷漠的院子進來。時序仍是二月，我們還滿心驚喜，滿腦子沿著N125公路兜風的旅程，欣喜至極，浪潮、速度、集體興奮陶醉，連范西斯科都受到觸動。

54

是的，沉默是我和瑪莉亞．艾瑪的約定。可是在喜悅的最高峰，她女兒也起心動念想超越狹窄的行動範圍，想屈從於亢奮的情緒，違反承諾。

她的越矩包括每晚等待他，等他將雪佛蘭停進院子的拱門下，從側門進屋。華特進客廳的路線必須走過有扇形氣窗的走廊。她會緩緩打開自己位於樓梯頂端的房門，只開出一條縫，看著他快步走過，多虧腳下那雙看似沒有重量、沒有定型的水牛皮鞋，讓他很快便消失不見。她會看著他走向客廳和他自己的臥室，像一種有待收集的龐大黑影，第二天，這番喜樂會從頭再來一遍，因爲只有在這一刻，他才會不經意地與她分享一點私密而獨特的東西。他與她分享的是他頭也不回，走過走廊的步程。她開始緊貼在半掩的門後，以便更充分地品嘗那一刻的喜悅。她不需要他說什麼，不需要他看見她或甚至回頭。「別停，別看，別看見我……」有一天晚上，他果眞回頭了，看見她站在門邊。「別看我，別看見我，別上樓……」第二晚，他轉頭又看見她在同樣的地方。「別停，繼續走，別看見我也別喊我……」他站定了片刻。從那時起，華特經過走廊的腳步聲變得更輕了，橡膠鞋底沒了聲息，她從樓梯頂上暗想：「他不需要看見我或是停下腳步或是上樓來……」可是她仍站在半掩的門邊等候。她會在華特開始走以前打開門，站到門口，傍著燈光，以便在那一刻現身。「不，絕對不要上樓。但是如果你眞想上來，如果你眞的上來的話……」她暗忖著，身子始終沒有從油燈照亮的角落移開。

而那個雨夜，落下的雨水提供了難得的防護罩，當其他所有人各自在房裡安睡，她心想今晚是他來找她的好時機，於是她沒去站在門邊，而是待在房裡等著。她知道這麼做很厚顏無恥，這是個於心有愧的欲望，幾乎可以說是罪惡，可她還是等著華特，靜悄悄地像幽靈一樣來看她。事情果然如她所願。他爬上了樓梯，沒有敲門便進房來，腳上只穿著襪子，鞋子用一手拎著，並伸手去拿油燈。「拜託，別叫，別動！」他這麼說。她一個字也不必說，就算需要說什麼，她也說不出來。他陪了她兩個半小時，也可能是三小時。庫斯多喬出現了，黑暗中響起他不易錯認的腳步聲、亮起手電筒，不過姪女可以放心，誰都不會知道華特來看過女兒。他踩在臥室地板的腳步聲形成一個環圈，用鑽石掛鎖鎖在她的沉默之中。她是這麼想的。

55

正因如此，那天早上，當華特將兩只做了標記的行李箱和印有他搭過航空公司名稱的袋子搬上黑色雪佛蘭，她才會朝車子跑去。她站在車前，在院子中央，阻止他離開。站在某扇窗前的范西斯科開口說：「把她帶走！」但沒有人動手。恰恰相反。我還記得，就像現在正在發生一樣。大家全站在窗邊，靠在窗台上，其中也包括瑪莉亞・艾瑪。宅子前面，有火留下的木頭、木炭和災難的氣息，有物品在戶外燃燒的味道。女兒下樓站在車子前。他試著讓她移開，甚至說想要帶她走。他說加拿大的房子都很大，道路縱橫的雪地一望無際，說那裡的生活優渥、自由、不一樣。他趁他們站在車子前面的時間，說了這麼些話。他叫她上車，告訴她多倫多是個平坦到難以置信的城市。他當下在她眼前鋪展出一個遙遠的文明，一個充滿節儉之風、機運、財富、利益與經驗的地方，在那裡她能找到光明的未來和一個說英語的男友。在那遙遠的地方。他站在院子中央，對她炫耀著那幾個肅穆閃亮的字眼「遙遠的地方」，其實他來找她的那一夜，便已重覆過無數次。是的，她知道。他抓住她的手腕，試圖強拉她上車。「快上車，快點！」好像當場只有他們倆，好像事情發生在那個雨夜，只差他沒有脫下鞋子，沒有悄然走動。那天早晨在瓦馬雷斯，他不怕任何人的腳步聲。相反地，華特大聲地說：「上車，拜託，妳就行行好，上車吧。別再待在這裡了！」

但十五歲的她已然是個老嫗。她已想像過千百次的日升日落，因此知道劇本已經寫定，就像一個心靈麻木的老耄婦人一樣，她知道自己必須待在原地，知道自己最好別上車。依這個老女孩的身分證所載，她現年十五歲，但事實並非如此。這個老女孩已是耄耋老婦，她腦中有一整個世紀，也或許更長久，她眼皮後面有《伊里亞德》的開端，舌尖上有無數死去的亞該亞人與特洛伊人，她腦海中有那本書的結尾，她知道在這數百萬年間，萬物都已摻雜混合在一片海灘上，被壓在九層沙底下。所以她知道不值得爲了改變跨出那一步，哪怕只是一步，因爲劇本不會變。向前奔跑只會直接撞上她遺留下的東西。不過她還是覺得，沒有她，那艘雪佛蘭黑船就動不了，華特就過不去。車頭燈未亮，他將無法離去，無法經由短徑駛向大路。老女孩依然這麼想。直到她從車前移開身，他跳上車駛離，沒有回頭看上一眼。那天下午，她會鑽進古老的文字中，證實一切都沒變，一切都來自古老的傷口，也都會回那兒去。一道裂縫。在房間的桌子前面，多虧了文字的力量，她從那道裂縫現身，大聲對著自己朗誦：「黎明女神的金黃面紗披覆大地，眾人朝著城裡前進⋯⋯」他眞的很想帶她離開那裡。華特永遠都覺得變換地方就能改變自己。那天早晨，出發點就在我們現在所在的地方，我繼承了華特一九六三年的離去。它完好無瑕、不可分割地被我繼承了。所以今晚，華特無須心懷愧疚與歉意上樓，當初也無須以向前傾斜的筆跡寫下那段生硬字句：我將這條軍毯留給姪女，作為唯一的贈與。

56

接下來的日子可說是小心翼翼、爾虞我詐，是評估沉默的時候。我將那幾個星期視爲排演，在那段期間，未說出口的話那混沌不明的形體第一次開始出現。何況，並不需要說出來。華特已經離開了，因爲他得不到他想要的，雖然他從未說過自己想要什麼，不過事到如今，他想要什麼每個人都心知肚明，好像已經公開聲明似的。

瑪莉亞·艾瑪就在我們眼前，全身透明，彷彿光著身體一樣，好像準備用來展示的物品。她毫無設防，宛如一件放在客廳中央供所有人觀看的物品。她的赤裸是那麼眞實無僞，讓人想抓起桌巾來，不只覆蓋她的軀體，也覆蓋她整個人，讓她脫離我們的凝視，從我們自己的眼皮子底下將她偷走。

范西斯科惶惑地看著她，彷彿是死後才發覺自己家門內出了什麼事。面對瑪莉亞．艾瑪的赤裸，庫斯多喬就像看到一塊吹製的玻璃馬上就要融化或蒸發而手忙腳亂。對他來說，她就像玻璃一樣脆弱。亞麗珊迪娜和卜雷則根本不敢正視她，來來去去都低垂著眼，但他們也注意到她有多不常換衣服、有多沒食慾、有多難得陪孩子。不過一開始，在處理家務方面，瑪莉亞．艾瑪表現得十分正常。她對著爐火俯身，重新坐直，閱讀雜誌、郵寄來的《女性的選擇》、她訂購的羅曼史小說。但除此之外，騎腳踏車上門的郵差沒有帶來其他東西。他沒有帶來給庫斯多喬的信，也沒帶來通常會附在信中的畫。幾星期後，她跑去坐在路邊，厚著臉皮等腳踏車通過。郵差會來，留下一些零星無趣的郵件，便拐過樹後面的轉角消失不見，在那個季節樹葉仍十分茂密。後來瑪莉亞．艾瑪得了花粉熱，臥病在床。我們看得出來會發生什麼事。我們誰也不知道瑪莉亞．艾瑪．巴提斯塔何時才可能再次起身下床。我現在可以看到她的樣子。這天夜裡，當華特像另外那個雨夜一樣再度走進房門，我仍記得她的模樣。我看見她整個人包在毯子裡。

不，我根本看不見她。

在床上，將被毯拉高到頸部的瑪莉亞．艾瑪，衣服愈穿愈少，她裸露上半身，裸露胯下，裸露另一個更可恥的部位，那個部位與她的存在關係更加密切，甚至比她的子宮更私密、更深入內在。瑪莉亞．艾瑪的靈魂赤裸著。她愈是躺在那裡，自以爲隱身在漆黑的房間，用毯子裹成一團，愈是一目瞭然——外頭春光明亮、花粉迸發，紅豆草逐漸乾枯，懸在空心莖桿上的蠶豆開始轉黑，相較之下那毯子實在太厚重。過了幾星期，有人打開了她房間的窗戶。是她的姊姊與表姊，她們態度強硬地到來，輪流照顧她。她們有的住在法羅，有的住在里斯本，幾年前離開了這個地區，如今應庫斯多喬之請回來，渾身是勁地要來救她。她們蓬蓬的頭髮用膠水固定成四座高塔，堅定地圍在瑪莉亞．艾瑪身旁。屋裡到處回響著她們鞋跟的聲音，好像醫院護士走在空空的病房內。她們翻箱倒櫃、打開窗子、試圖慫恿她下床、逼她起身，怎麼也想不通爲什麼華特的出現竟會讓她一病不起。依兩個姊姊朵絲和琪蒂芮雅看來，她是忍不住愛慕一個窩囊廢、一個名譽掃地的男人，她要是沒有勇氣認清這一點，這全都是她自己的錯。表姊妹（兩人都叫朱蜜拉）則認爲是男人的錯。

他渾身都是負能量，他知道怎麼利用它來產生可怕後果。華特屬於那種拿別人生命來餵養自己的人。那種人會吸攝孱弱者的靈魂與精力，一如吸血鬼吸食無辜受害者的血。兩位朱蜜拉想像，華特能在世界各地無往不利，就是犧牲了那些被他榨乾的人。這兩位表姊認定，在那一刻，華特的吸血鬼化身正在攝食瑪莉亞·艾瑪、庫斯多喬和老范西斯科的性命，就連那些孩子也沒放過，他爲他們帶來的只有不安與毀滅。瑪莉亞·艾瑪的姊姊與表姊將被毯拉開，拖她下床，試著讓她呼吸一點新鮮空氣。「妳爲什麼不反擊？」

可是瑪莉亞·艾瑪不肯起床，也不希望她們開窗。即使眞的動了身子，也是搖晃不穩。她不想吃東西，不想出去散步。她也不想這樣，卻無能爲力。庫斯多喬負責送孩子上學，用的是馬貨車。他把他們送到火車站再回來，對那些嘲笑他、喊他烏龜的人視若無睹。這隻烏龜會回家來，坐在瑪莉亞·艾瑪的床邊。我又看到那幅景象了，那神祕的謎，那敏感的誤會，那殘忍的感情，那裝飾著一頂不合適皇冠的額頭。我記得有天晚上，她似乎想要放棄，彷彿童話裡的公主，那時「精神衰弱」、「憂鬱症」等字眼還不存在，只有「悲傷」，或頂多是「虛脫」或「憂思」。我記得那天晚上，他們發現她從馬廄出來，手上拿著一條繩子，神情恍惚地盯著枇杷樹的樹幹。范西斯科大喊：「讓她去，就讓她去自殺好了！」但庫斯多喬開始給各家診所打電話，直到找到一個人稱「大利拉」醫生的家裡電話。

57

大利拉醫生就在那個五月晚上來了。

他到達時已將近午夜。

我還記得庫斯多喬打電話給那個提著黑袋子的男人那天，是個月夜。華特的女兒什麼都記得，幾乎什麼都記得，因爲她就站在臥室門邊。醫生一言不發坐到椅子上，看著眼前的人，那是一名年輕婦人，躺在床上，毯子拉到下巴處，不肯起床。他開口詢問病人，但她不肯回答，甚至沒有轉頭看他，當他拿同樣問題問庫斯多喬，庫斯多喬卻只是摀住眼睛，一聲不吭。大利拉醫生笑了起來，接著止住了笑才說，只有等情況跌到谷底才能開始修補，還說治療全看我們自己，只不過有些人能使用這種能力自癒，有些人做不到。醫生話畢，滿意地笑了笑。難怪大家都說他能力差、孤陋寡聞、治不好病、不會診斷。臨走前，還差點忘了自己的袋子。我記得他走的時候滿不在乎、波瀾不驚，連處方也沒開。華特的女兒人在門邊，看見大利拉醫生離去。但他對庫斯多喬說：「你夜裡隨時可以找我。我都醒著。」

第二天晚上，沒人打電話，大利拉醫生還是來了。再隔一天也是。又隔一天還是。月亮由盈漸虧，變成新月後回到上弦月，每個晚上，午夜前，大利拉醫生都會來。范西斯科會嚷著說：「讓她死好了！」但庫斯多喬慎重地數著瑪莉亞．艾瑪走了幾步，留意她對哪個話題感興趣、吃了多少食物。他說話很輕，因爲不想讓其他人知道，不想讓瓦馬雷斯宅子裡的人拿來說三道四。大利拉醫生會大略環顧房裡的物品，說道：「非常好，非常好，繼續。」說完就走了。他來不來好像沒太大差別，不過瑪莉亞．艾瑪的救贖已化身爲大利拉醫生，正在趕來的途中。那個救贖的形態出奇滑稽，可說是深深嵌在華特離去後的沉默中，但重要的是那救贖已經上路。

58

大利拉醫生住的房子周圍全是無花果樹。說也奇怪，還這麼年輕的一個醫生竟然像隱士般住這種房子，而且只有晚上才有空出診。他的住家離懸崖不遠，大門是一道沒有門閂的鐵柵門。夜幕降臨之際，瑪莉亞．艾瑪的女兒從海灘回來，幾本書用皮帶捆起來背掛在肩上。她來到大利拉醫生家門外停下腳步，站在那裡看著灰撲撲的院子塞滿枯葉，房屋籠罩在幽暗暮色中，門邊沒有車。但就在此時，一輛車駛到瑪莉亞．艾瑪女兒的身後停下。是大利拉醫生。

她特別記得那天晚上。當時還早，還不到醫生上瓦馬雷斯出診的時間。所以他和病患的女兒有時間說說話。到海邊。他們倆坐著大利拉醫生的藍色車子出發。

她記得那天晚上的海，平靜無波，被一道如燦爛銀帶般的月光切分爲二。大利拉醫生坐在一間小屋外的桌旁，似乎是一間酒吧，店牆上停滿昏昏欲睡的蒼蠅，還有章魚乾做裝飾。她記得那間昏暗曖昧的酒吧，記得大利拉醫生向她解釋自己外號的由來。他有個正常的名字，不一樣的名字，本來是顎面外科醫生。不過他寧可用假名，寧可靠打零工、快速的家庭訪診維生，和完整的人建立關係，而不只是下顎和面孔。他寧可放聲大笑，視人生如戲。他很有趣。從酒吧裡，從停駐的蒼蠅當中，送來了威士忌，是從他自己存放的酒瓶倒出來的，瓶子上貼了標籤寫著他的名字，不是眞名，而是大利拉醫生。第二天、第三天都是同樣情形。瑪莉亞．艾瑪作夢也想不到，自己的救贖竟然寄託在那場海邊的會晤，在華特的女兒與一只酒瓶的會晤——大利拉醫生彷彿吸啜蒸餾器似的，慢慢將酒瓶喝乾。她甚至想像不到會有那場會晤。華特的女兒記得那場會晤與那番救贖所走的滑稽路線。

兩週後，海上的銀絲帶減了幾分明亮，又見新月。然而，通往鐵柵門沙石路兩旁的無花果樹，帶路來到大利拉醫生的家，當車子停下，架著橫木的門首次為華特的女兒敞開，映入眼簾的是一棟搖搖欲墜的房子，一點都不像醫生的家。要不是有書桌和藥典，和失業鐵匠或卡車司機的家簡直沒有兩樣。在一片紊亂中，有兩張蓋著床單的沙發，睡覺最舒服了，他這麼說。他將華特的女兒拉近身，用平靜、緩慢、十分溫柔的聲音安撫她，只是因爲喝了威士忌有點口齒不清。他懇求她，拜託，不要走開，他不可能對她怎麼樣，他就跟女人一樣沒有傷害性。算她幸運，他已經變成女人了。他笑他自己也笑她，笑聲模糊，具撫慰作用。事實上，他的身體就像沒有胸部或豐臀、骨瘦如柴的女人，除了毛髮和氣味，與女人無異。華特的女兒對坐在沙發上這個人，這個裸體的「男瑪哈」、這個閹人感到好奇，他手裡端著杯子，雙眼看著她，渴求她，爲她解衣。她記得他的熱切，他苦惱、貪婪的目光，也記得大利拉醫生細緻的手、溼潤的嘴、泛紅的額頭。她記得那個六月間，在他每晚開著藍色汽車到訪瓦馬雷斯前的幾個小時是如何度過的。可是一直到幾個禮拜後，瑪莉亞・艾瑪才體驗到那奇特的治療，那是我們每個人都需要的。那其中有一點喜劇成分。

59

華特的女兒開始搭大利拉醫生的車回家，而且衣衫不整，書也扯破。當庫斯多喬談論妻子的病情進展時，瑪莉亞．艾瑪會從床上坐起，眼光輪流看著女兒和醫生。她的眼珠子從這人瞄向那人，眼神充滿恐懼與顯而易見的痛苦，顯得近乎怪誕可笑。瑪莉亞．艾瑪這種相思病其實早已過時，鮮少有人描述或展露，大概也只有在一些老派的墨西哥肥皂劇中能得見；而她獲得治療則是在她親自站在門口等醫生的那天晚上，或者該說是那個奇異的午夜時刻。

庫斯多喬站在院子門口。「你好，醫生。」他說。說實話，那時候他並不知道妻子在屋裡走了幾步，或是她吃了幾匙米飯，或是她對哪些話題感興趣。但已無須庫斯多喬報告，因爲瑪莉亞．艾瑪就在門口，穿著整齊還穿了鞋子，並恢復了冷靜，儘管在那熾熱的七月底，瓦馬雷斯宅子的磚牆火燙，她仍倚牆等候，握緊拳頭緊閉雙唇。瑪莉亞・艾瑪神經衰弱的脈搏跳得意外有力。這名病患直直走向大利拉醫生的車，把女兒從副駕駛座拉下來，狠狠地打她，打得她跌倒在地。

這是她生平第一次打女兒。

她就是華特的翻版，她大聲咆哮著，她跟他一樣墮落、不知羞恥，虛偽、滿口謊言，性格放蕩、不能信賴。如今瑪莉亞・艾瑪明白了，爲什麼女兒小時候那麼喜歡搭那輛「魔鬼戰車」。庫斯多喬憤怒地抓住她的手腕，幾個兒子也趨上前來，一臉驚愕，他們萬萬想不到，平時母親沉默安靜的屋裡竟會起這麼大騷動。范西斯科嘴裡說著：「好啊，就讓她們自相殘殺吧！」但這些都不重要，總之瑪莉亞・艾瑪安全了，她用那種奇怪的方式將自己從對華特的愛戀中拯救出來。

她獲救了，因爲從那天起，她開始扮演守衛，扮演滴水嘴獸、間諜、保護者、監視者、海關檢查員，以及守護女兒的肉慾、嘴唇、胸部與腿，守護女兒全身的人。她留意著她的腳步，看她上哪去了，留意著她任何突發的一舉一動，留意著她是否噴了香水，留意著她柔順及腰的直髮。她在守護拯救她未來的婚姻，也以另一個軀殼面貌守護自己。因此大利拉醫生再也不會到瓦馬雷斯的宅子來，但其實也不必來了。如今女兒不在家倒成了瑪莉亞·艾瑪的良藥，整個八月裡，她每天都會朝海灘的方向，前往一間無花果樹環繞、搖搖欲墜的屋子。今晚，我喚醒那段在無花果樹間沉默時光的記憶，好讓華特知道。

60

大利拉醫生沉睡之際，華特的女兒會躺在沙發上，倚靠著他看書，擦乾他嘴角的唾液，偶爾自己也會打起盹來，可是一到八點左右，兩人都會醒來。他會洗個澡，她也是，然後依偎在彼此懷裡躺著。「看到了吧？我真的跟女人一樣沒有傷害性。」八月轉眼即逝。大利拉醫生出了一趟遠門，幾星期後回來，變得胖了點也比較靈活。他還是跟以前一樣拚命地喝威士忌，而且只喝威士忌，但不在家的期間卻似乎能將就不喝，又或者是喝另一種威士忌。九月底左右的某天下午，小睡過後，大利拉醫生不再像女人一樣不具傷害性。在一堆垃圾、一團團揉縐的紙和打開的醫療包之間，他再次變成男人，占有了華特的女兒。其他便沒啥可說的了。

除了一件事：瑪莉亞・艾瑪在瓦馬雷斯門口等她，等著要保護她。女兒也聽命照做，給予母親許多保護她的理由。現在她對世事的犬儒態度明明白白，就像一袋等著范西斯科過秤的水果，或是一條在沙地裡開出的道路。第一次受大利拉醫生侵犯的晚上，女兒天亮了才回來，精神奕奕，鞋子拎在手裡，衣服上到處是暗色汙漬。「妳上哪去了？妳做了些什麼？」幾天後，瑪莉亞·艾瑪把華特的女兒叫到跟前，大聲告訴她大利拉醫生是個什麼樣的人——酒鬼兼色鬼。此時的瑪莉亞·艾瑪祈願能保護女兒，但她實在超乎她的掌控，太機靈、太會閃躲，於是她只能求助窗外屋頂上空的人，一個動作比大利拉醫生的車還快的人。瑪莉亞·艾瑪就是這樣開始高聲請求上帝保護。在一九六三年寧靜的秋天。

我記得她的懇求，記得她站在瓦馬雷斯宅子的窗邊呼喚上帝。「上帝啊，請不要讓大利拉醫生碰我女兒，讓我女兒對大利拉醫生只有嫌惡，不要讓他開車載她出去，不要讓他和她有親密行爲，不要讓他碰她的手臂、她的肌膚，別讓他碰她的頭髮。親愛的上帝，請保護她別受他傷害，遠離他的陰影、他的氣息。」她祈禱著，可是下午五點的鐘聲一響，她就知道上帝幫不了她。女兒會從後門離開，沿著龍舌蘭夾道的路走向海邊，但從來沒有一直走到沙灘。她會向右轉，沿著無花果樹夾道的路走，打開沒有門閂的鐵柵門進屋去。上帝對瑪莉亞・艾瑪的請求無動於衷。於是從此展開的不只是爲期十年的沉默與伴隨而來的滑稽搞笑，還有與它並行十年的諷刺。

別讓她陷入迷惑、好奇、朽壞、對肉體的冷漠不在乎、被動肉體的舒適感，別讓她耽溺於大罪的迷塵中、縱身入黑暗、陷入敞開的肉慾之網。瑪莉亞・艾瑪學會了這樣禱告，從一本小書上學的，在一九六四年冬天。

或者更精確一點，「讓她遠離他，遠離他體內的酒鬼，還有可能存在他體內然後過到我女兒身上的酒醉小孩。」她會看著窗外這麼說，動機在於一種殘忍的現實主義，一番低俗的告誡，而這番告誡同時也救了她。所以說大利拉醫生還是有用處的。

61

我想起了那十年的諷刺，那十年的沉默與穿透其間犬儒的迂迴笑聲，想起了瑪莉亞·艾瑪站在瓦馬雷斯宅子窗邊監視著，以免女兒跑出去，有時候她會，有時候不會，端看心情而定。數年後，女兒會出門往無花果樹的方向，但已不是去無花果樹的屋子，而是去其他屋宅與其他地方：膳食旅館、海灘、船。因爲在幾年後，大利拉醫生也失蹤了。沒發生什麼嚴重或痛苦的事，他就是不見了。

我記得他消失那天，是個懺悔星期二狂歡節。大利拉醫生的打扮就像要去參加狂歡，好像他這輩子沒有什麼嚴肅正經的事，好像那身皮肉只是他的象徵元素。這時候的大利拉醫生其實已經有一段時間看不到眼前的東西，不管怎麼拿，都是一只玻璃杯。打從一醒來，他就覺得痛苦。他會起床，去找出裝有恰當液體的東西，在一只堪堪變紅的杯子前坐下。他會拿起酒瓶，替自己斟一杯，然後舉杯說道：「敬我的最後一杯！」好像那眞是最後一杯似的。但他是在敬他青春鼎盛時期，或者應該說是他這一生中都不會存在的最後一杯。問題主要在於他對「最後一杯」的定義。華特的女兒會出神地看著他所謂的最後一杯。為什麼不是呢？她會搶過杯子高舉起來說：「這是你的最後一杯了，大利拉！」他會從她手上取過杯子回答說：「對，這是最後一杯之前的最後一杯。」因爲最後一杯已拿在他另一隻手上。在最後一杯與另一個最後一杯之間，是一個男人的挫敗。華特的女兒會看著那兩只杯子，暗自希望最後一杯能倒退一杯，反正也只差一杯而已，只要意志力在這連續幾杯酒的最後一杯之前而不是之後發生作用就好了。他喝酒好像不再連續，而是由斷斷續續的最後一杯構成，永無止境。那個洞窟的窗可以眺望海浪，華特女兒從海浪當中看見像大利拉醫生一樣連續不斷的舉措。湧上海灘的每一波浪，都是後面滾滾不斷的最後波浪的最後一波，一波接著一波，從黎明天亮起便未停過。在最後與最後之間，就是我們出現的時刻，在兩波浪之間，在兩個最後之間。兩個最後一杯之間。崩潰瓦解。她重新進屋，朝醫生舉起最新的最後一杯，接著再一個最後一杯，又一杯。只有大利拉醫生死了，才會有眞正的最後一杯。她感謝他也感謝華特，讓她在人生道路上得以有能力去了解倒數第二的力量，有如一份再美好不過的贈與。不需要道謝，但她還是道謝了，打破了靜默，用一支玻璃箭劃破靜默。

大利拉醫生以前常問：「我像女人一樣沒有傷害性，妳不介意嗎？」華特的女兒會說不介意，他覺得她在撒謊，然後會爲了他所認爲的謊言，邊喝最後的半杯酒（每次都是半杯）邊輕聲哭泣。在無花果樹林間，在懸崖平頂上，面向著大海、荒地、朦朧不明的海灘、式微的漁業。「我就再喝這最後一杯，然後就坐貨運馬車回去……我會重新開始，我會改頭換面，我會去跑步健身，不會再當一個沒有傷害性的老婦人。我會娶妳爲妻。」醫生說道，爲了舉杯祝他未來的計畫成功，他會跑進擺放一箱箱威士忌的廚房，準備將全身浸泡在酒精裡，一如每一天。大利拉醫生被帶走的那個狂歡節早上，街道上滿是青少年戴著荒唐的狂歡面具、騎著摩托車拋撒彩帶。救護車來了，無聲無息地將他載走。我們親密相處了整整十年，但這一切發生得非常快速。大利拉醫生說：「把門關上。」他的藍色車子繼續停在他家門外很久、很久。很久很久。直到幾年過去，無花果樹之家售出，大利拉醫生的車也被送走。也許是一九七五年二月的事。我之所以說這些，只是爲了讓華特知道。

62

我有沒有說過那是沉默又諷刺的十年？有，我說過。一九七四年，在晚了五十年後，亞麗珊迪娜和卜雷忽然發現自己受到惡劣不公的待遇，總之就是受到壓迫，便要求東家把主屋後面他們原本住的房子給他們。他們繼續留在原處，只不過把門改到北面，以避免和前屋主打照面。他們沒有必要感激任何人或任何事，然而因爲擔心自己會心存感激，便刻意表現得粗魯凶惡。

范西斯科自己也開始下田耕作。庫斯多喬負責照顧瑪莉亞．艾瑪的孩子們。而瑪莉亞．艾瑪和華特的女兒，昔日華特的姪女，找到了大利拉醫生的替代品。其實不能說是替代品，因爲他並未在她的人生中占據太多空間。伴隨而來的一連串行動不是靠數目，而是靠面孔來辨別，一張接著一張的面孔，有如一個系列，最後一個單位總會瓦解掉，比起威士忌更像海浪，因爲華特的女兒從未摟住戀人的脖子說「這是最後一次」。像海浪，像雲和海浪，全都是稍縱即逝、變幻莫測的現實，不知道自己是系列裡的某個單位，也沒有把自己當成或說成是最後一個。正因如此，約莫在一九七六年，瑪莉亞・艾瑪倒懷念起大利拉醫生那段時期的風平浪靜。她會坐在窗邊看著女兒晚晚出門，嘴裡說著：「求求祢，上帝，讓她找到一個像大利拉醫生那麼好的人。以前大利拉住得很近，但現在她卻跑到好幾哩外。我認識大利拉，卻不認識其他那些男人。我才剛發現一個，就又出現了另一個。只要大利拉還活著，就只有大利拉，而現在誰曉得有多少人占據了我女兒的生命和身體。我不知道她去了哪些城鎮，做了什麼敗壞道德的事情。上帝啊，別讓她最後跟他，跟那個叛徒一樣，哪怕祢把他的一大部分留在了她的身體裡面。」

瑪莉亞・艾瑪不再是從前的她了，這樣也好，因爲不管是誰，永遠困在好或壞裡面都不自然。至於華特的女兒只是承襲了一個她知道其序曲、高潮與尾聲的愛情故事，故事裡打的結已在她的支配下解開了，無人死亡。她從中獲得的知識是一份資產、一個加分項、一筆存款，一個能讓她保留下來、確確實實的東西。這是一份贈與。我將這份無價的贈與掌握在手中。

事實上，從前經常在大利拉醫生身邊入睡時，我從未夢見過自己一覺醒來已經死去，卻老是夢見被分割開來。在我的夢裡，我從來不會死，也沒有家人死去，我們只是分離，在我的夢裡。首先我們與彼此分離，然後與自己分離，然後與自己的四肢、肚腹、頭、手、手指分離。我們變成了物品、樹葉、土地、水、羽毛、鳥鳴，分裂成許多顫音，混合大片大片的水，隨水而去，到最後已不再屬於任何可辨識的東西，只是聲音而已。如同水滴發出的聲音，微不足道，在那片浩渺的水當中，我們完全微不足道。奇怪的是，我在沙發上與大利拉醫生同睡時作的夢裡，我與自身兩個部分最初的原始交流離得好遠好遠，卻仍記得自己的開端。我只是分裂的物質，卻仍記得自己還是人的時候。

有時候，大利拉醫生醒來後，會像個悔恨的國王，穿著浴袍在屋裡晃來晃去，袍帶拖在地上。他會說我之所以作那種夢是因爲他變成這副德行。然後他便打電話給朋友，男女不拘，而這些朋友會忽然冒出來，把車停在枯葉間，侵門踏戶而來。他總會叮囑其中一位男性訪客待下來，在冰箱後面擁抱華特的女兒，而冰箱就放在他自己臥室門外的樓梯平台上。

63

但如果說我說過或寫過這個女兒是什麼人事物的結果，這並非事實。不，我從未這麼說過，也從未在信上這麼寫過。在此情形下，談論結果就等於製造受害者的想法，而華特的女兒是個獨立個體，她獲得的贈與除了她繼承的東西之外，還摻雜了她本身轉化那份贈與的方式。若有可能，華特的女兒倒希望能效法叛逆天使，駕馭著燦爛夜星與幽暗的黑夜馬車，用他自己狂烈的黑暗照映他人的明亮。她無法如此效法，卻也不屬於任何人，她是自己結出的果實，她自我誕生、自我教育。至少在她與大利拉醫生並肩而坐的那些快樂夜晚，她是這麼想的。她在以巴布·狄倫面容裝飾的筆記本裡，寫過這些。

他們會睡在沙發上，蓋著床單。有一天，華特的女兒在清除上頭的菸灰與原子筆時，忽然想到要告訴他以前在軍毯上發生的事。說她是在毯子上孕育出來的，就是鋪在雙輪馬車座位上的那條，也是毯子主人會鋪在地上、躺在上面畫鳥的那條。「毯子？」大利拉醫生說道，然後以他特有的方式開始大笑。他端著杯子笑，沒端也笑，他喝威士忌笑，沒喝也笑，一直笑到我已弄不清他只是在笑那個畫面，在嘲笑那個我無比爽快提供給他的畫面，或是在笑他自己，在笑華特的女兒，在笑天地與其他萬物。後來，因爲他笑個不停，我們就互相環抱著對方一起笑。從前我們相處得多麼融洽。

今晚我想起了這個，好讓華特知道。

還有一次，我們坐在車內摟著彼此，方向盤直指大海，高空雲朵從頭頂上緩緩飄過，幾乎像是不動，他說：「多美妙不是嗎？耳邊只聽見海聲。」是啊，但人性抗拒大自然的過度慷慨，不信任它的永恆，認爲它只是幻象，在面對一成不變、蔚藍無度的天空與大海，面對從喧囂美景中誕生的激烈平靜，她覺得自己應該能做點什麼。任何事情都好，以便粉碎眼前驚人而和諧的景象。這時她想起了，自己也曾在某個雨夜有過類似感覺，便告訴他那一夜的事。有個危險元素漸漸破壞那份美，劃破那至高無上的美，讓它付之一炬，她不經大腦、愚蠢地提起了史密斯手槍。大利拉醫生從藍色車的低矮座位坐起身來，大驚失色地問：「妳是說妳從小，床墊底下就有一把上膛的槍？是誰出的這種瘋狂的餿主意？」他坐看著那片與車同色的風景，只是更廣闊、更清澈、更深邃，否則倒是同樣陰暗、強烈的藍，一種憤怒的藍。然後，可能是光線太亮，也可能是他視覺神經有點衰弱，大利拉醫生竟在那片風景中哭了起來。清清淡淡的淚水幾乎不留痕跡，但仍看得出來。淚水從他眼角冒出，順著紅頰流下，流到整齊的鬍子後逐漸消失。大利拉醫生的鬍子總是修整得無懈可擊，不同於他的衣著或汽車。華特的女兒在座位上轉過身，傾靠向他。他說：「妳要是愛我，現在馬上回家去拿槍，把它給丟了。聽懂了嗎？看妳要槍還是要我……」大利拉醫生的目光細細讀著那片藍——上方的藍，底下的藍，四面八方的藍。我們是一座肉身之島，坐落於近乎萬里無雲、天藍石般的藍海中。「事情就是這樣。如果一個女人每晚都得壓著父親的手槍睡覺，就代表她不愛丈夫。就是這樣。看妳相不相信我了……」他臉上仍有溼溼的淚痕。「因爲妳也知道，等我眞的徹底戒了酒，我們就會結婚……」大利拉醫生顯然一點都不是開玩笑。

然後，她等著南方那狀似稀疏魚鱗的雲，至少等到那雲移向車來，等到天色不再那麼亮，他們才出發前往瓦馬雷斯。他們把車停在離宅子一段距離外，她從廚房的門進屋，抓起手槍和子彈，然後跑回大利拉醫生車上，車子再次高速駛離。他斜睨著放在她腿上的物品，像看到敵人一樣，還當它是個男人似地對它說：「現在你的報應到了，你這王八蛋！」他把車停在一道陡坡附近，從那兒可以輕易下到海灘。「妳待在這裡，」他說：「別動，我去解決這個混蛋。」大利拉醫生其實很清醒，卻似乎慢慢地醉了。他脫下鞋子，涉入水中，抱著一股沖天怒氣將史密斯手槍擲入波浪中，大喊道：「**安眠吧！**」他回來時，酩酊大醉，儘管滴酒未沾，甚至連海水也一滴未沾。他不斷地說：「看吧，妳現在自由了。妳怎麼不早告訴我？」他要她開那輛藍色車。傍晚的藍，漸漸侵蝕而來的夜藍。我說出這一切，只是要讓華特知道。

64

日後，將近二十五歲時，華特的女兒得出了結論，要寫「去吧，險惡之夢，去往亞該亞人的快船」之類的詩句，方法無他，於是她全心全意投入有利可圖的差事，存了點錢，買了一輛雪鐵龍Dyane。到了晚上，搖晃移動的車頭燈會從院牆上一閃而過，掃過漆黑樹木的底部後，消失在黑暗中。瑪莉亞·艾瑪站在院子門邊的身影，也會快速消失在暗影中，過了幾公尺，便什麼也沒有了。女兒沒有逗留尋找，但她知道瑪莉亞·艾瑪偶爾會在敞開的門裡門外還有院子裡晃蕩，也知道庫斯多喬根本沒上床。他會在馬路上來來回回、前前後後地踱步，直到Dyane的車頭燈宣告她回家了。這時他會停下腳步，雖然始終都不太靈活，卻還是勉強像野兔一樣跳著離開大路，躲進龍舌蘭叢中，免得被瞧見。但就算兩人眞的遇上了，就算女兒看見他在路邊，也不會放慢速度或朝著他閃燈。他可以怎麼來就怎麼回家，蹣跚穿過草地，循著車子留下的轍跡，踩著跛子的不規律步伐。他這樣走動守候，她並不感激，她從未要求他們守護她。

瑪莉亞．艾瑪簡直就像和女兒讀了同樣的莊嚴古文。文中，神力玩弄著凡人，命運女神心懷感謝地旁觀，一如她所應當。瑪莉亞．艾瑪會高高揮舞雙手，衝著女兒的背影高喊：「晚上是誰在召喚妳呀，妳這壞丫頭？又是個酒鬼嗎？」瑪莉亞．艾瑪感到痛苦。女兒從未跟她說過這些，但這是事實。一九七六年前後，是誰在召喚女兒，她心裡有數。是那個酒鬼，那個紅臉老人，頭上有一道疤的獨眼龍，少了半邊的牙，鼻樑斷裂，一只襪子裡藏著刀。是那個殺妻的男人，散發著老鼠氣味，渾身威士忌的酒臭、汗臭，容不得異議，一開口就大吼大叫，懶得下床，從來不守信用，爲了不想工作還故意扭傷手腕，不肯起床，沒有工作，也不想工作，到處漂泊，搭著船來，坐上運肉卡車，在肉塊環繞下離開，隨時等著警察找上門，會把百合花瓣揉得稀巴爛，會把草嚼一嚼吐出來，還會用牙籤。是那個全身長毛的男人，眼神色瞇瞇的，已拋棄了靈魂，經常闖禍，從不學數學，以爲荷馬是狗的名字，上不得檯面，就算在日光下或甚至月光下都像個隱形人，只有在漆黑夜裡才會現形。就是那樣的噁心傢伙揉捏著她的手指、用鼻子磨蹭著她的乳頭、吸吮著她的腳趾。但她從來不說。她用寫的。

二十六歲。

她們當著范西斯科的面爭吵。女兒剛剛開著Dyane回來，對著母親嚷嚷說她刀槍不入。「刀槍不入？」瑪莉亞．艾瑪也吼回去。「可不可以請問一下那是什麼鬼話？」女兒說：「沒錯，就是刀槍不入！」那次爭吵中，她的意思是說她的靈魂一直都是刀槍不入，她的靈魂，她縮身躲藏的那個巢穴，她在那裡度過夜晚，在那裡知道自己知道什麼，但尚不知還有多少有待分曉。所以那個揉壓她乳頭、觸摸她頸背、扯著頭髮將她拉到度假屋裡軟綿綿床墊上的男人，如此平凡、如此卑微、如此粗鄙，正合她意，他甚至離她躲藏處的入口還遠得很，她的靈魂安然在內，裹著層層絲衣。那是她的私人領域，她獲得的贈與，她個人專用的圍場，只有她能在這裡放出獵犬，獵捕長著叉角的鹿。這一切，瑪莉亞．艾瑪和既是她伯父也是她父親的庫斯多喬都不懂，那個因爲失去耕地而驚慌失措的范西斯科，就更不懂了。當瑪莉亞・艾瑪在院子裡等候，范西斯科站在那裡等著看Dyane出現在馬路另一頭時，他會吼著對庫斯多喬說：「隨她去吧！希望她去了就永遠別回來，希望她永遠待在那裡，讓我們落個清靜。」那是一九七八年夏天。瑪莉亞・艾瑪開始不再裝模作樣地求助於上帝。「要是祂從來不聽我的話，也不看她，求有什麼用？」她問道。

65

是的，那是沉默的十年。但只要她動了心思，華特就會像那個雨夜一樣，脫下鞋子拿在手上，出現在她房門口。他沒有敲門，不需要，門隨時等著他進來，她知道的。油燈照亮他雨衣的肩部，不需要提到眼睛高度。華特在房裡走來走去，走到衣櫥旁，甚至走到放書的桌子邊，不發一語，只是來回地走。他將手放在她的物品上，同意她要說的話，他們不是吵架而是商量，有時還會笑。我們互相理解，不只感到心滿意足，而且快樂。我房裡已經沒有槍，但不管它在不在都無所謂。無論它在哪裡，無論是在沙灘表面，或是在大利拉醫生丟棄它的澎湃巨浪底下，一分一秒愈埋愈深，那把史密斯手槍都已發揮了作用。現在就連「群鳥畫集」和剩餘的照片都不是重要工具了。在那段沉默時間裡，重要的是只要她呼喚他，他就會來，會上樓出現在門口，一如一九六三年那個夜晚。

范西斯科也沒有睡，但原因有天壤之別。他的失眠起因於另一種沉默。是狄亞斯兄弟們的沉默。他會在夜裡起身，深信兒子們沒有說出返家的日期，正明白顯示他們就快回來了。當太陽快要下山，他會叫庫斯多喬將院子的鐵門稍微打開，以免他們回來時進不來。他不知道他們會搭火車，還是像多年前的華特一樣搭計程車。不過他心想前一個假設比較可能，因爲其他幾個兒子都不是揮霍無度的敗家子。當然了，除非他們開自己的車回來，若是如此，也會兩家人開一輛，以便節省旅費。六家人開三輛車。不管怎麼做，他們都會回來。他們很快就會回來的理由在於四周圍的山和老家本身。何況每個人都回來了，爲什麼狄亞斯兄弟們不會？

事實上，隨著時間過去，那些理由堆滿了屋子。他會舉起右手，扳著指頭細數。狄亞斯兄弟們就快到了，因爲在瓦馬雷斯，採石場的爆破引發持續不斷的微小地震，牆上裂出胳臂般大小的裂縫，塵土落在屋頂上，還像麵粉一樣滲落在他們床上。泥地裡的鳥逃離沙丘附近所進行的撼動土地作業，驚慌失措地成群出現在留有短茬的乾枯田裡，在不合時令的時節、在不對的地方下蛋。有一些雜草消失了，卻有另一些不知名的草類繁茂生長。將熟的無花果裂成九瓣，綠色橄欖則因爲缺雨仍黑黑瘦瘦。土地太乾了。他眼看著風揚起塵土，吹至他處，眼看著耕地土壤變得枯瘦有如骸骨。他站在山丘上，看見了無人看見的景象：塵土在空中飛揚，宛如被風托著的煙霧。他覺得從他自己的世界開始，這個世界正在瓦解、枯萎、死去。他希望兒子們能回來，好好整頓一個比他自己的家大上許多的東西。當他們眞的回來了，即使不如預期富有，也是爲了開墾屬於他們的土地，利用樹和其他植物將土抓牢。而後，華特的女兒在房裡（偶爾伴著她在其他道路上遇見，說著不同語言的人），會聽見范西斯科一大清早走到屋外，爲最後一頭騾子梳洗打理。她會豎耳傾聽——他不想放那最後一頭牲畜走，不想斬斷與牲畜間最後的聯繫，因爲這是他與昔日賺錢蓋屋工作的連結。早上，他會替騾子清洗、打理、安上騾具，然後去站在院子中央，叉起手來。他和孫女不一樣，他還在等待。

66

再說了，范西斯科已年屆七十中段，他無法接受竟然會發生與自己人生觀背道而馳的變化，這種變化侵害了他過去人生的意義與他最深層的希望，他也不肯相信孩子們不想幫他。當他站在敞開的柵門邊等候，滿心的憂傷讓他動也不動。他想不通，那些曾經仰賴他工作的人，那些低垂雙眼來找他的人，那些因爲預支到十個埃斯庫多，或是因爲幹活時痛苦難忍不得不在田中央躺下來，卻還是拿到全天工資，而向他連聲道謝的人，那些人如今閒閒坐在家門前無所事事，他們的兒子竟然到處買地、買公司和房子，就像有錢人似的。而他不但沒有依預定計畫擴充土地，反而讓手下工人的兒子一起分享新疆土，威脅他寶貴但已讓步的野心，要求他賣地，或者是恰恰相反，告訴他說他們對他的提案絲毫不感興趣。年屆七十五、六歲的瓦馬雷斯屋主是個憂心忡忡的農夫，他農場上的活兒往往一延再延，因爲兒子們還沒回家。他已不能再等了。他們得爲此付出代價。他們要付出代價。

范西斯科大聲說出這些威脅話語，他也想離開，生平第一次搭飛機去找他們。他想斥責他們，罵他們是叛徒，就算沒有比華特糟也跟他半斤八兩。夜裡他在屋內走來走去，打包各種私人物品和衣服，在床上數好錢，心算一下，然後去法羅買一頂如今已經停產的新氈帽。他像以前上牛市趕集一樣趕搭郵政火車，而且想把錢藏在帽子裡，就像父親以前的做法。總之，他想起程遠行去找兒子理論。他撕下牆上的地圖，摺得小小的放進皮夾，那麼抵達目的地時就能拿出地圖去找兒子，賞他們幾個耳光，像他們小時候那樣。他在口袋裡放了一條手帕，在襪子裡藏了一把摺疊小刀，然後拖著大包小包行李走上大路。一九七五年夏月期間，庫斯多喬爲了帶他回家，度過了好些難忘的炎熱夜晚。瓦馬雷斯的情形每況愈下。

67

問題在於瓦馬雷斯本身。我仍能聽見庫斯多喬打越洋電話給其他兄弟。華特的女兒覺得奇怪，他們竟然會在家接電話，因爲她總想像他們在荒涼的地景裡往西行，後面拖著妻子，一面生孩子，生了幾個孩子全都長得一模一樣，至少從他們後來安頓下來、非常非常遙遠的地方寄來的照片，看來是如此。但現在，見范西斯科始終處於憂慮狀態，抱著行李坐在門邊，庫斯多喬擔心之餘，越過那無邊的距離將人一一找到，在玄關裡和他們說話，要他們回家，說這已是當務之急。庫斯多喬解釋自己已漸漸失去耐心，叫他們一定要商量出一點結果，並趕緊回電。他們的父親終於明白他們在遠方，在太遠的遠方，有了自己的生活，如今他們不想回家，甚至不想分家，讓他感到心痛。

另一頭的人說他們完全理解。但他們沒有回電，只是寫信。短短的信。他們像極了她在五〇年代時看到無聲影像中的人，那些人融合成一種勞工隊，默默地在院子裡、在牲畜群間賣力幹活。她想不起每一個人的長相，只記得名字、年齡與特質、他們離開的年分與最初寫的信。瑪莉亞・艾瑪會對庫斯多喬說：「我跟你打賭，只要她寫幾封得體的信，就能說服他們回來解決這件事。去吧，去叫她寫，拜託。」她說的是華特的女兒。

可是她錯了。

華特的女兒無法寫信給她凍結在記憶裡的人。她對他們後來的生活一無所知，除了他們最初幾封家書所述，實在難以知悉每個人的個別命運。然而那一切都已凝結在時空中，她也希望能保持這樣。讓他們繼續在那裡，像多年前一樣消失無蹤，躲得遠遠的，這完全合情合理。其中一個仍然拖著樹幹走過大片雪地。他繼續在那覆蓋白雪的地面上做工，追著卡車跑，將木頭丟上去，努力地追上不會停下的卡車。她仍然看見他走在雪地的輪胎軌跡中，看見他消失在高大樹林裡、陰暗黑影間，看見喬瓦金在新斯科細亞的平坦土地上當伐木工人。她腦海中關於他的影片就停在這裡，無法快轉或回轉。她也能看見在礦坑深處工作的那個人，照片中的他帽上戴著頭燈，大汗淋漓，置身地底深處，採礦現場，幽幽暗暗，幾乎看不清面容。她看見他往一只桶子裡裝碎石塊。那是馬紐埃，率先離開的其中一個。她能聽見他略爲粗啞的聲音，好像還站在瓦馬雷斯的屋外，其實他的聲音悶悶地迴盪在艾略特湖下面的地底深處。他們怎麼可能回來？

68

無論他們依然沒變或是變得截然不同，她都不希望他們回來。她希望他們繼續維持她與大利拉醫生一起生活期間，爲他們創造保持的模樣。有個人曾經拆過房子，她很喜歡那個影像。那是路易斯。他放棄了范西斯科的鐮刀活，去拆木牆。七〇年代時，她仍可聽見路易斯的大槌砸向門窗屋頂那單調空洞的聲響，身後的屋子一棟棟都在楓樹林蔭下變成堆積如山的木板和窗戶。「這是楓樹。」他在五〇年代寄回來的一張照片背後寫道。不過他們當中最有趣的還是在美國的那個，他站在一望無際的平原中央，而那片平坦土地上唯一能看見的就是牛隻的背影。那是朱昂，手裡拿著棍棒，在平原中央，好像大白天裡在監視一個徹底翻轉的星夜。范西斯科連看都不想看。一個富家少爺怎麼能在連房子都沒有的地方，只當個牧牛人，照顧那些行動遲緩的畜生？那張照片很美。朱昂應該獨自待在那片平原中央，只有一個來自亞述群島的人相伴，將無精打采的牛群趕回欄內。

不過這些年來，有一個美到令人難以承受的影像，總會觸發她欣喜若狂的感覺，那人是費南岱斯，阿德黎娜的丈夫，也就是曾在某天下午，雞隻還在院子裡啄食時，教她寫華特名字第一個字母W的人。七〇年代，她可以看見他勉強用瘦到皮包骨的指頭寫信。就是他在鐵路公司工作，加拿大太平洋鐵路。我能看見他在紙上留下那血指印，以及由阿德黎娜大聲唸出來的解釋。「對不起，阿德黎娜，我真不想寄這種信給妳，但我手邊已經沒有紙和墨水了，又必須告訴妳一點最新消息，我不知道還能怎麼做……」另外還有費南岱斯的一張照片，只見他站在碎石當中，肩上扛著一塊鐵軌枕木。她總是想像他在加拿大的安大略與亞伯達與英屬哥倫比亞幾省之間，往西邊鋪設一條鐵道。在那個影像中，他將手放在鐵道上，火車輾過他的手臂，而加拿大在另一邊，狀似一隻張開的手。那個影像太驚心動魄，但她承受了多年，作爲對范西斯科的報復。

在卡拉卡斯的那人留給華特女兒的印象最不清楚。作爲想像依據的家書並不完整，但儘管經過這麼久了，她想像中的他依然在挨餓。她記得他寫說他經常撿地上的水果果腹，還說出於對農夫父親的敬意，他寧可不要沾得滿身麵粉，或是騎腳踏車挨家挨戶送麵包。他吃過一種水果很像柳橙，可是外表光滑、呈綠色，但只有一個果核，沒有一瓣一瓣果肉。即便他吃的理由很可憐，但口味還是不錯。不過當伊納修在信中描述自己如何抗拒進入烘焙業時，他已經在建築工地開吊車了。她沒有具體的影像，無論好或壞。根據他早期寫回來，由兄弟的妻子們和庫斯多喬大聲唸出的信，她看不見他，或者應該說他所屬的群體愈來愈抽象而遙遠，就跟他一樣固定在二十年前。當然，後來眞正重要的人來了，華特來了，讓所有人事物黯然失色，把所有狄亞斯兄弟全都混在一起，變成一團奇形怪狀的東西，把他們濃縮成一張全然不重要的臉。她想不起其他人。庫斯多喬爲什麼要叫她努力回想這種事？

69

不過話說回來，何必浪費時間去期望他們會不會回來呢？從他們的來信就看得出來他們不會。何必多此一舉去回信？在這個時代，距離已不代表什麼，長途旅行根本是家常便飯，你大可以穿著家居服或園藝服去搭飛機，所以看來狄亞斯兄弟是不想回來看父親，卻沒有直說，只是把老早就該做的決定不斷往後延，還找一堆狡猾的藉口把信寫得漂漂亮亮。今晚，我坐在華特的軍毯前說這個，好讓華特知道。

到達瓦馬雷斯後被送到聖巴斯弟盎郵局的家書都是明智的信，該隱瞞的隱瞞，只說能說的。這些是經過審慎評估的信，字斟句酌。相隔一段距離讓狄亞斯兄弟們覺得自在，不想回來，不像其他從瓦馬雷斯外移的人，他們會寫一些椎心刺骨的鄉愁家書，會打電話，那電話費恐怕跟機票一樣貴了，偶爾還會回來和家人吵吵鬧鬧，好像要這樣才有力氣往前走，這似乎才是他們活下來的眞正理由。狄亞斯家的那些家書，我記得，開頭總是千篇一律。大老遠就能感覺到他們一點也不想念瓦馬雷斯。不僅如此，他們一定也很怕要分家產，要分范西斯科的屋宅變成的那個石頭帝國。

分配空空如也的遺產，除了紛擾、內鬨、歇斯底里，什麼也得不到，他們一定是想要避開這些。出門在外的狄亞斯兄弟寧可爲了一無所有付出代價，也不要繼承那些石頭遍布、長滿雜草的田，那些沒有人想在上面種東西、蓋東西或做任何利用的白堊土沙地。他們的父親在山與海之間，將一塊一無是處的土地建立成一個帝國，卻不知道自己最後會變成石頭王。是眞的，每天晚上都有石頭從數十年前搭建的牆上滾落。其間矮樹叢生，就好像忽視是一種維他命、輕蔑是最好的肥料，就好像生長是爲了不被看見。只有那些灌木叢的國王沒發現自己的領土已被這些樹掌控。散居美洲各地的狄亞斯兄弟不想自找麻煩，繼承那片荒涼家業，那片快速恢復成乾燥型土地、成爲廢墟、是獛與狐狸天然居所的田園。狄亞斯兄弟們絕對不會回來。光是有意無意地聽到信的內容，華特的女兒就能猜到這個結果，他們沒時間，假期不夠。可是范西斯科會在屋外踱來踱去，走到大門用力把門打開，在華特的女兒尚未開著Dyane離開時，他會對庫斯多喬咆哮：「好啦，勇敢一點！把她踢出家門吧！」

70

華特的女兒偶爾確實會有空，不必庫斯多喬吩咐，她偶爾確實會寫信描述這位灌木叢之王，然後小心地等候回覆。但他們的信一成不變，還是延期的信，還是狡猾地想擺脫責任的信，還是沒有提出務實結果的信。而後，到了七〇年代末期，狄亞斯兄弟們忽然開了一個括弧，在裡頭討論一個永遠不該提的話題。他們一個個打著鬼主意，頑固而縝密地寫起一件多年來被束諸高閣，誰也不曾提起，而且永遠不該有人提起的事。他們開始寫到華特，寫到華特不可碰觸的形象。我要譴責狄亞斯兄弟試圖透過那些信，毀滅華特的女兒所獲得的贈與。

今晚，我將那些相隔許多年月、毫不寬容的信，整個連貫起來回想，好讓華特知道。我召喚它們，打開來重新閱讀。信自有順序，它們會自行依日期排列，自行選擇淘汰，經由記憶淨化爬梳，銷毀多餘的描述、重覆的問候語句，然後結合形成一條綿延不盡的履帶。那些信的重點如下：狄亞斯兄弟們認爲唯一適合回去接管瓦馬雷斯的家族成員是華特。他們覺得這個么弟還像以前航行於各港口間一樣，在各個城市間遊蕩。他與他們不同，他沒有固定的事業與居所。只有華特自由自在，沒有在任何一個住過的城市生根或成家，所以只有他能應庫斯多喬的要求急速返家。再說了，這也是華特的大好機會，可以落實他在一九六三年向父親提出，卻把他嚇壞了的建議。他們知道華特想賣房子的主意讓父親很擔心。不過現在他機會來了，可以回去處理那樁重大事件。沒錯，他應該回去。但華特人在哪呢？得先找到他才行。於是，狄亞斯兄弟開始以二十年前建立的形象出現在遠方，帶著新面孔、明確的姓名與配偶、個人的生活與新近的眞實住址，將瓦馬雷斯殘餘的世界攪得分崩離析、天翻地覆。

71

原來，費南岱斯（她曾爲他創造過一個在鐵路線上、美到令人難以承受的影像）在溫哥華開了一家房地產公司。奔跑於雪地之上的伐木工人喬瓦金，在哈利法克斯開了一家工坊，專做庭園長椅，他用的信紙還印有抬頭。礦工馬紐埃在渥太華經營禮車公司。路易斯成了建商，朱昂則不只和亞述群島來的同事一起養幾頭行動遲緩的牛，還成立一家大型乳品工廠。那伊納修呢？伊納修有自己的營建公司「理想營建」，蓋屋宅、樓房、公寓大樓。顯而易見、多元又眞實，狄亞斯兄弟已經變成一個四海家族。范西斯科這群遍布四海的兒子終於稍微講述了自己的生活。這麼做是爲了談論華特。瑪莉亞·艾瑪會看信，她可以看。她說華特對她毫無意義，甚至還說哪天當他從地表消失，她只會樂得開心，或者該說是從海面消失，因爲她總是想像他漂流在浩瀚無垠的大海上，愈漂愈遠。

總之，這段時間裡除了那些信，好像什麼也沒發生，一切戛然而止。風停了，海浪停了。今晚，我回憶起那種癱瘓狀態，以便回想那些令人難忘的信。好讓華特知道。

首先來信的是維多利亞，開禮車公司的馬紐埃之妻，他當過礦工，安全帽上有一盞特別的燈。馬紐埃的妻子對自家的事情惜字如金，只說渥太華有時天黑得很早，但除此之外一切都好。他們的孩子在上學，會吹奏薩克斯風，馬紐埃還當上一家俱樂部的會長。但想當然耳，她來信是爲了另一個原因。

她是想說，她丈夫同意應該找到華特，應該讓華特回老家去解決繼承的事，因爲其他的事先不論，她很擔心小叔的身體，不管他在哪裡。幾年前，他在湖邊上的港口街開了一家旅行社。華特的旅行社業務包括安排行程、擬合約、翻譯文件、擔任律師仲介。華特頗受敬重，後來卻因爲搞大了一個女孩的肚子，逃離了冰天雪地。最後見到他的是一位葡萄牙移民同鄉，當時他正要前往大瀑布區，兩人在一間路邊餐廳巧遇。他開了一輛黑色車子，載著六、七只行李箱，其中一只放在車頂。之後他就杳無音信了。

她又補充道：「幸好那個女孩來自波蘭家庭，她要是義大利裔，他早就沒命了。那個女孩之前就跟另一個人發生過關係，現在她已經有兩段關係和一個小嬰兒，是個小男嬰。可是華特根本不理會孩子就走了。他丟下旅行社，丟下未解決的重要事情，也丟下他自己畫了掛在牆上的野雁圖。在那之後，我們再也沒聽說過他的消息，至今想必有六年了。庫斯多喬應該試著去聯絡大使館，他們會派人找到他，叫他回瓦馬雷斯。」維多利亞和馬紐埃，寄自渥太華禮車公司。

72

我記得我聽到那封信被大聲唸出來。瑪莉亞・艾瑪坐得筆直，把信放到桌上，因爲信中提到那個波蘭女孩而放聲大笑。庫斯多喬則不敢置信。「怎麼可能！都過六年了，他們一次也沒提到那個孩子，那個小男孩……」范西斯科叫他們別再唸了，華特是死性不改。唸信的時候可不可以看到「華特」就跳過去？

不料十天後，朱昂寫來的一封信提供了另一個線索。范西斯科的六兒子也寫了一封分送給所有家人的信。信來自一片遼闊無窮、有如天地倒轉的平原，牛群散布遠達天邊，它來自一間乳品廠，裡面有消毒槽、殺菌槽、脫脂槽與各式的奶油製造槽，一座細緻、潔白、柔滑、工業化的財庫，雖然他沒有太多時間寫這種信，卻還是從這一切當中現身，只爲了談談華特。

信一開頭就開門見山。從他們住的聖華金谷到華特住的東岸，整整要飛六個小時。四、五年前的某個週末，他們去找過弟弟，當時他的珠寶事業經營得有聲有色，所以日子過得很好，不需要太辛苦工作。雖然經營乳品農場讓他們衣食無虞，什麼都不缺，但生活不如他們富裕的華特卻堅持付所有的花費，包括旅館費用在內，可見他還不熟悉美國的高消費。他堅持這麼做，說是代表他對他們的愛，朱昂與妻子卻都覺得這根本是奢侈浪費。此外，他們還跟他去一處海灣，參觀一下海岸風光，華特坐在一間木造餐廳的窗邊座位時，還抽空畫了幾隻鳥，那幾幅漂亮的畫後來就留在那裡。重點是一星期後，他們打電話要向他道謝，誰知席奧多——華特珠寶公司和他住家的電話都斷線了。

簡而言之，朱昂和妻子泰瑞莎認爲沒有必要爲了管理瓦馬雷斯老家，去找那樣一個人。小朱，寄自聖華金。

確實不值得。其實從來就不值得，只不過想出這個主意的是他們，不是庫斯多喬或范西斯科。所以何必浪費時間否決自己說過的話？然而信才只是剛剛開始而已。

73

不久之後，阿德黎娜從溫哥華來信。她的信躺在聖巴斯弟盎．德．瓦馬雷斯郵局的信櫃裡，積了兩星期的灰塵，因爲誰都懶得再騎腳踏車送信了。庫斯多喬去取了信，當晚便站在桌旁朗讀出來。這封信既是爲了告知近況也是受到一些啓發。阿德黎娜的丈夫，就是那個留下血指印的人，他早已離開加拿大太平洋鐵路公司，臉上不再覆滿碎石塵土，也不再因爲抬枕木導致指甲剝落。無限的美，美到令人難以承受的影像已死。阿德黎娜的丈夫費南岱斯從事房屋買賣已有幾年的時間。曾一度在信紙上留下血印的手指，如今改在支票上寫數字，一枚指紋也不會留下。就結果看來，不管買或賣，費南岱斯運氣都很好，價格總是對他有利。

「說到買賣，我得跟你們說說華特的事。」阿德黎娜寫道。

「說到買賣房屋，我們聽到了一些關於華特的消息。四年前，他關掉了和一個希臘人在普羅維登斯合開的珠寶店，一夕之間不知去向。生意和所有資金都留給那個希臘人處理。聽說那個希臘人還請人去河裡打撈華特的屍體和車，但一無所獲。這是一個從麻薩諸塞州到溫哥華買房子的年輕人告訴他們的。」阿德黎娜繼續寫道：「如我所說，我們一直都很忙，但在這裡生活很快樂。雪地裡繁花盛開，就好像事先在土裡已經開花，等到完全綻放才出現在地面上。而且乾淨整潔，像盆栽植物似的。在這裡，連墓園也是綠意盎然、土壤肥沃。民眾會攜老偕幼去墳墓間散步，不覺得害怕。對他們來說，死者也和我們一樣活生生，所以這裡的人挺喜歡在墓園裡溜達的。除了這些，我們沒有華特的其他消息可以告知。」阿德黎娜寫到這裡才停筆。阿德黎娜與喬瑟・費南岱斯，寄自溫哥華房地產仲介公司。

74

范西斯科不想再聽。「只要一看到華特名字的W開頭就整句跳過去！」可惜做不到。狄亞斯兄弟的家書幾乎全都是用葡萄牙文寫的，好像寫回瓦馬雷斯的信中，想避免留下現在日常浸淫其中的語言的絲毫痕跡，而且他們信中都只談論華特。「好吧，那就唸吧。」范西斯科把手肘撐在桌上說道。

是的，兩個月後，從聖巴斯弟盎·德·瓦馬雷斯郵局送來了另一封致全家人的書信，來自卡拉卡斯。寫信的人是露易莎，伊納修的妻子兼生意夥伴，地址在卡洛塔區。由於接獲庫斯多喬的請求，希望他們回來平分那些沙石地，露易莎便代丈夫回信。唉，伊納修一天也離不開公司。露易莎寫到營建業正面臨一場危機威脅，這場危機影響了房屋、豪宅，甚至於摩天大樓的建造。伊納修實在沒空寫信，更不用說是長途跋涉去解決狄亞斯家複雜的繼承問題。接著，露易莎非常興奮地提起了華特。「如果你們不知道華特在哪裡，你們可得先坐穩，別嚇到了——華特就住在卡拉卡斯。」

她眞不明白怎麼會謠傳說他在納拉干西特灣溺斃，因爲大家都知道這一年半以來，他一直住在委內瑞拉。「他到了以後沒有跟任何人連絡，伊納修也不例外。直到他和人合夥做珠寶生意以後，我們才見到他。不過我們事後得知，他剛從美國來的時候，一開始在一家鋸木廠工作，而且前半年都睡在自己車上，車子就停在芒果樹下。到了一年以後他開了珠寶店，才來找我們，不過在這一帶那也算不了什麼。所以，若說要說服他回瓦馬雷斯管理爸的地，我們當然舉雙手贊成。既然危機影響了建築業，勢必也會影響金銀之類的奢侈品。再說他也開始顯老了，雖然外表看起來還是非常體面，總是衣冠楚楚還開一輛拉風的車。不過這裡沒有人不知道他。」至此露易莎又另起一段。

「他們說每當他多喝一杯，就會拿出毯子披在肩上唱起歌來。還說當他想和女人發生關係，就會把它攤在床上。伊納修說那是他當兵時用的毯子。聽說他會去卡拉卡斯的西連修區，對著女孩揮舞毯子。我們的姓氏和一些非常不中聽的謠言連結在一起了。我們十分擔心現在在讀法律和社會學的孩子，多少會受到他的惡名牽累。誰會想到用舊軍毯當床單呢？在葡萄牙移民圈裡，大家都說他從美國來是因爲把女人弄上毯子之後，拋棄了他自己的孩子。他們是這麼說的。今天我們會寫信給爸，請他讓庫斯多喬寫信給華特叫他回去，是因爲他讓我們家族也讓葡萄牙蒙羞。這裡的人都非常愛國。所以伊納修要我把這封信複寫六份，寄給每個兄弟。祝一切安好。」露易莎與伊納修，寄自卡拉卡斯。

75

之後的信開始來得又厚又急，而且幾乎沒有一行不稍微提及華特。在聖巴斯弟盎・德・瓦馬雷斯那間古早的郵局裡，有時會有兩封信同在一個信櫃裡。美洲與聖巴斯弟盎・德・瓦馬雷斯之間點燃了某種引信，這三塊大陸間彷彿已不再隔著波濤洶湧、橫無際涯的大西洋。一九八一年，信與信互相交錯，其中有不少是掛號郵件，需要簽收。我重讀那些信，在那之間發生的其他事情，我一件也記不得。它們占據了那整個時期，一段奇怪的時光，有如被閃電填滿的一刻。除了信中內容，其他我一概不記得。我俯看著信，彷彿俯看著一具正在慢慢中毒的軀體。露易莎來信告知華特的下落之後，第一封抵達的信來自溫哥華。一封有毒的信。

「爸！」信一開頭就這麼喊，好像在說話而不是寫信。身在溫哥華家中的阿德黎娜（曾收到丈夫血印信的那人），一經提醒有關毯子的事，忽然什麼都想起來了。

她不提納拉干西特灣那一段，而是回顧一九五一年的往事，當時華特以軍需官的身分從印度回來，所有的東西都丟了，只留下那條毯子，就是他和瓦馬雷斯的女孩發生關係用的那條。「你記得嗎，爸？」阿德黎娜很有說故事和寫信的天分。寫到這兒，字跡轉爲工整，句法也變得緊湊。阿德黎娜高明地解釋道，軍毯是神聖的領域，象徵著艱辛的軍旅生活，她說弟弟毀了那個象徵，將它轉移開了正軌。他把毯子變成一面醜陋的旗幟，從另一個國家看來，那面旗幟相當可怕。

她知道華特在印度四處遊蕩，從印度去了澳洲，從澳洲又去非洲，隨後的六年當中，則是在大西洋兩岸的港口間漂泊不定。那毯子上留有所有那些地方的土漬。它肯定沾了海水、泥巴土、沃土、非洲沿岸滿是爬蟲的泥土、中非蚊子充斥的泥土，而安大略的冰凍雪水肯定把那些汙漬攪糊成一片了。他的那條毯子是一張名副其實的地圖。回想起過去，她可以明白地說華特那條毯子不是用來坐在上面畫鳥，而是用來躺下休息，或者應該說「辦事」用的——所謂辦事的噁心意涵我們都再清楚不過。信的最後她又補充道：「爸，如今我們的親戚想必已遍布世界各地，他的那雙眼睛，華特的眼睛，有時候像獵豹有時候像貓。華特那雙黃褐色的眼睛……」接著阿德黎娜爲這一切說了幾句道歉的話，然後送上無限的愛。阿德黎娜與喬瑟・費南岱斯，寄自溫哥華房地產仲介公司。

是的，那是一封有毒的信。我記得阿德黎娜寄來的那些信。那是個灼熱的四月午後，石板地上投射了稀稀落落的樹影。他們三人坐在院子裡。瑪莉亞・艾瑪沒有讀信，而是用聽的。庫斯多喬不願把整封信都唸出來，他說是爲了父親著想。但她要他全部唸，她想知道華特過去的遭遇。她聽了覺得有趣，便要他把溫哥華寄來的信從頭到尾再唸一遍。「我的天哪，華特的人生眞的變成一齣馬戲了！再唸一遍！」她一副事不關己的模樣，好像她是旁人似的。後來她站在桌邊，自己又看了第三遍。有時候，她會在桌前睡著，那些信就擺在一旁，眼鏡也還戴著，鏡框壓住了一疊信紙。

76

接下來，在遙遠的遠方，朱昂的妻子泰瑞莎，那個酪農婦按捺不住了。多年前，她去華特住的城市遊訪過，一應費用都由他支付，但事到如今，她不得不實話實說。現在當她回想小叔在那個海灣邊畫鳥，她可以對天發誓，他的確坐在那條毯子上面。

她記得清清楚楚，他一面用餐一面素描幾隻在四周飛來飛去的鳥，餐後便從後車箱拿出一條毯子，攤開在海堤上坐在上面，她覺得很好玩，朱昂卻非常生氣。但如今她知道那毯子有過其他用途。她與丈夫兩人，從奶油攪拌器和數千公升的殺菌乳當中挺身而出，穩穩地立足於他們居住的那塊平坦土地的善良風俗，代表禮教發聲——那塊土地重視純潔、禮教與名譽，純淨得一如草原本身。在這裡，旗幟不只是物品，還是神聖物品，人人尊崇。大多數人家的前門或屋頂上都有旗子飄揚。到了週五，就連醉漢也會手持國旗高歌，即便喝了酒，他們也沒有權利攻擊這樣的象徵之物。美國人願意爲國捐軀，誠如他們自己所說，爲的不只是美國，而是民主本身。所以一個美國軍人，不管年紀多大、不管多放蕩不羈，都絕對不會拿軍毯做這種用途，這種可怕的用途！因此泰瑞莎與酪農朱昂不贊成召回華特，去管理父親在瓦馬雷斯的土地。寫到最後幾行，夫妻倆又退回到大量的奶油與牛奶，退回到兩千頭乳牛的乳房。孩子們幸運的生活與乳牛的生活混在一起，他們都過得很好，也都有好的工作。泰瑞莎與小朱，寄自聖華金。

「夠了！」坐在樹影與牆影下的范西斯科說：「那些信都不安好心，我不想再聽了，他們想說什麼，我沒興趣知道。有時間在那裡互相指責，還不如回來盡他們的義務。可是不會的，他們不會這麼做。」他在院子裡來回踱步，活像被關在欄內的年邁牲畜，嘴裡唸叨著他的孩子是花他的錢，花自己老爸的錢在享樂，根本是看著華特有樣學樣。「別激動，爸！」庫斯多喬說完，又爲瑪莉亞·艾瑪再唸一次信。我說過了，那些是有毒的信。

77

真沒想到，回信給范西斯科、庫斯多喬和瑪莉亞・艾瑪的是昔日的礦工馬紐埃本人，不過他先回覆了住在南美的伊納修。他在冗長而嚴肅的信中提醒我們，在那塊土地上，他從最陰暗的地下深處慢慢爬升到渥太華最精華的市中心區，在那裡經營一家十分成功的租車公司，還提供六輛計程車與兩輛禮車的服務，要達到這一步，必須吃盡苦頭、學到無數教訓，而且許多人不相信，這可不容易。可是華特現在都五十多了，好像還沒意識到有必要眞正付出一點努力，還在他那條破軍毯上畫鳥、搞女人。那件下流的東西，他實在提都不想提。他來信只是想說說他給伊納修的信上說過的事：有華特在究竟是好是壞，總是難說得很，因爲毫無疑問，華特歷經了不同的階段。爲了讓父親和兄弟姊妹知情，他打算披露一件長久以來無人知曉的事。在從事旅遊業兼翻譯兼法律仲介那段時間裡，華特曾經幫過他。他幫了他許多忙，而且分文未取。但後來，一九六三年華特回瓦馬雷斯時，向他借了錢買車，好在父親和家人面前炫耀一番，結果一直沒還錢。所以，那段時間他們兜風搭的車有一大部分是來自馬紐埃口袋裡的錢。在華特爲姪子姪女拍的照片中作爲背景的雪佛蘭，原來是用馬紐埃辛苦打拚和他賢慧妻子省吃儉用的錢買的。所以說，他覺得華特的行事永遠難以預料。直到這一刻爲止，華特連利息總共欠他超過五千美元。他覺得應該讓他們知道。馬紐埃，寄自渥太華。

馬紐埃的來信約莫讀了二十遍。我們在院子中央，在樹影環繞下，一讀再讀，幾乎都要喘不過氣。「他騙我們……」庫斯多喬終於開口說：「我們坐上那輛車的那些時候，他都在騙我們……那其實不是他的。」

對，不是他的。瑪莉亞．艾瑪再三反覆閱讀關於債務的段落，卻無法理解。那輛車真不是他的？那些信描寫的塵世現實惹惱了完全不食人間煙火的范西斯科，使得他意外地替華特說起話來。「那華特替他做的那些事不算數嗎？說不定提出這些指控的人讓華特受委屈了，就像他也讓我受委屈了一樣。唉，他們全都一個樣……」

無論事實眞相如何，自從渥太華那封信寄來之後，「華特用別人的錢買車載父親、兄嫂和他們的孩子到處兜風」一事，便成了大家對范西斯科這個小兒子最主要的記憶。他們三人似乎不願相信。他們所儲藏起來，如今仍以各種形式存在他們人生寶箱內的影像，想必留下了些許美的痕跡，否則讀了二十二遍的信仍令他們感到震驚，這又該作何解釋？這些影像之所以一夕變色，那是因爲以前，那每一幅明亮、平和的影像都存留在他們心中，一如它們也存留在他女兒心中。散步、開車兜風、驚喜，全都掌握在我們一九六三年想像出來的一股力量中，並保存在腦海裡的珍貴地方，就像是一群生物儘管歷經歲月卻仍完好如初，而這一切全被馬紐埃的信扼殺了，以前常在院子裡用粗嘎刺耳聲音說話的馬紐埃。手拿著信的瑪莉亞·艾瑪，轉眼間竟像個老婦人。當她再讀上一遍，頭子便如翅膀似地摺疊起來，背脊成了一道扶牆，支撐著她凹陷的胸部。她臉上有了皺紋，頭髮灰白，腳踝腫脹。當然，那退化是逐步發生的，是歲月在不知不覺間慢慢地摧殘，但直到此時，華特的女兒才留意到瑪莉亞·艾瑪的轉變。她會摘下老花眼鏡對庫斯多喬說：「全都是謊言，他到這裡來做的事沒有一件是眞的……」而她丈夫會抬頭望著枯乾的樹梢說：「是啊，我知道……」一九八一年四月底。

緊接著，幾乎馬不停蹄地又來一信，就算不是證明前一封的內容，也與它有某些關聯。他們很快拆了信。是路易斯，二十年來他都鎖定在同一個影像：拆木屋、在楓樹旁休憩，但如今已成爲漢米頓的建商。他說：「馬紐埃的信我看了，我絕對無法容忍！我們一定要趁華特還沒去騙露易莎和伊納修以前，做點什麼幫幫他們。毯子就更不用說了。想也知道它現在是什麼狀況。光是想到那件噁心的東西，就讓我以身爲狄亞斯家的一分子爲恥。我們在美洲生活的圈子裡，只要一粒老鼠屎就足以讓一個家族名譽掃地。」路易斯，寄自漢米頓。他們將信摺起。

「他們全都贊同。」瑪莉亞·艾瑪會站在門邊，頭倚著丈夫的肩膀說。「可不是嘛。」庫斯多喬會這麼說，一面輕撫她蓬鬆的灰髮，如今她只將一邊的頭髮夾起。

78

的確，瓦馬雷斯好像變成那些傳閱的信件來來去去的倉庫，才剛收到一封，另一封來自哈利法克斯的打字信便隨後抵達。是喬瓦金寄的，十分簡短的一封信。這個庭園椅的創意製造商回想起以前將木材裝上卡車的日子，寫下這短短幾句警告：「華特在美國、在北美或南美其他地方，在葡萄牙，或是在世界其他任何地方欠下的債務，都與我無關。」喬瓦金親手簽名，寄自哈利法克斯木藝公司。

庫斯多喬一句回覆也不必寫就收到其他回應了。如今狄亞斯家人之間開始通起信來，就像親密的一家人，在瓦馬雷斯還有個專屬的郵局。

下一封信更是教人震驚至極。

「親愛的公公，親愛的兄嫂，」露易莎寫道，庫斯多喬可從未寫過信給她。「我們眞的很擔心，華特丟下他的珠寶生意跑了。他失蹤了。店門關了，房子門窗緊閉，他原本停車的地方現在也被別人停走了。伊納修該作何感想呢？那會不會是非法生意？事關金銀寶石，誰也說不準，尤其面對的又是一個六年來隨船漂泊在各個港口間的人。他是怎麼賺錢的？深海捕魚？畫鳥？他顯然眞的賺了些錢，才足夠他一下開門、一下關門地做那麼多不同生意，而且無疑是不正當的生意。有人說他搭上一艘掛著利比亞國旗的可疑船隻，這是最糟糕的了。我們也不知道，如果說了什麼不公道的話，願上帝原諒。但不管事實爲何，你們想必能夠諒解，我們倆眞的都很擔心。」接下來，伊納修（如今五十好幾，早年拒絕從事烘焙業，還寄過一張他開吊車的照片回來）的妻子詳詳細細地敘述，這次危機將丈夫、孩子和她自己綁在一塊沃土上，他們正在蓋又廣又高的建築，至於爲了什麼他們也不知道。「所以我們有好一段時間不會回葡萄牙。非常遺憾告訴你們有關華特的消息。」露易莎與伊納修，寄自卡拉卡斯。

瑪莉亞・艾瑪和庫斯多喬已不睡在西廂房，而是換到宅子中央，離客廳較近的房間。她會一早醒來，想到郵局開門關門的時間不一定，就叫庫斯多喬去取信，看看許久許久以前，華特還稍微有救的時候，發生了什麼事。「庫斯多喬，別忘了去拿信。」他便費盡力氣前往郵局。那輛輕得不能再輕的貨車，被一頭同樣輕瘦的灰毛驢拉著，顛簸走過正在修築的新路。他回來時，襯衫口袋裝了另一封信。他把信展開在桌上。是路易斯寫的。

79

多年前，曾一塊牆板一塊牆板進行拆屋作業的路易斯，此時寫信來問，一九六四到一九六五年間傳得沸沸揚揚的謠言，有沒有絲毫屬實。

他實在不知該從何說起，但基本上整件事可以簡述如下。當時在他居住的城市有傳言說華特開著那輛雪佛蘭在瓦馬雷斯跑來跑去，毯子放在後車箱，而且還先後企圖把瑪莉亞．艾瑪和他的親生女兒弄上毯子發生關係。如今姪女都已長大成人，路易斯就單刀直入地說又有何妨？起初，在漢米頓的傳言說他之所以沒有得逞，純粹是因爲庫斯多喬日以繼夜地守護著妻子和姪女。後來，傳言又說他其實得逞了。但只有瑪莉亞．艾瑪、庫斯多喬和范西斯科這三個活生生的見證者，能說此事究竟是眞是假。他和妻子很想知道。信末，這位昔日的拆屋工人、現今的建商補充道：「假如我轉述的一切都只是謊言，願上帝原諒我。我最痛恨謊言與說謊的人，以及其他所有罪惡。我向來如此。」路易斯，寄自漢米頓。

堪稱最後的一封信來自渥太華那位礦工，昔日的他戴了一頂錫製或金屬製安全帽，帽上還裝了燈以便看清礦石，而今則擁有好幾輛禮車與計程車。他打亮無數燈與頭燈以便看清那一條條寬闊長路，然後隔著遙遠距離提出詮釋。傳聞中他姪女的生活方式，很明顯是肇因於她與華特之間的某種創傷經驗——要說他是她叔叔或父親，隨個人高興。

事實上，華特會開著一輛不屬於自己的雪佛蘭到處跑，還隨時備妥那條軍毯，其中必有蹊蹺。馬紐埃也許住得很遠，但可能發生什麼事，或者確實發生了什麼，他看得一清二楚。假如遠在渥太華的他看到瓦馬雷斯和聖巴斯弟盎太多眞相，願上帝原諒。他能超越時空的距離看到這麼多又這麼有把握，這怪不得他。天哪，瞧瞧他看見了什麼！「親愛的爸，親愛的大哥大嫂，還有許久未見親愛的姪女，我離家時她還只是小女孩，如今眞想看到她安定下來、結婚嫁人、快快樂樂過著富裕平靜的生活，但上帝顯然另有安排。祝安好。」馬紐埃，寄自渥太華。

沒什麼好說的。在瓦馬雷斯，太陽即將西沉，平野後方一片柿紅。最後那幾封信裡描述的複雜現實，從過往生活的景象升起，庫斯多喬、瑪莉亞·艾瑪與范西斯科實在無法解釋。

范西斯科的兒子們就好像聚集在地球之外的某個奇異地點，在衛星迅速跳動的高處，但卻也同時是聖巴斯弟盎·德·瓦馬雷斯。他們彷彿從未離開過原來的教區，舊日的教堂，或是這棟宅子昔日的庭院，此時正一步接著一步、一棵樹接著一棵樹，重新檢視這些地方來追查華特的離譜罪行。對他們而言，一九八一年比一九六二年更遙遠，一九六二年又比一九五一年更遙遠。但一切騷動的震央則是一九六三年那個多雨的冬天。他們說到華特原可能在那些泥濘小徑上誘惑自己的女兒，說到他原可能藉口說要展示他畫的草地鸖和紅尾鴝，誘騙她進入大房子，還說到那條捲起的毯子，說他開著不屬於他的雪佛蘭載她到法羅開房間，並將毯子攤在她腳邊。他們提到的全是二、三十年前的火車、車站、房屋、樹木和人，而且是隔著大老遠的距離，以一種懲罰、憤怒、充滿惡意的眼光看待。如我所說，為一件從未發生過的事和一個假想的受害者展開的復仇，被冷冰冰地端上了桌。庫斯多喬再也不拆那些愚蠢的臭信。他說他全撕了。後來變成打電話後，他也不再接起話筒。電話會連續響好幾個小時。有一段時間，誰都不接電話了。「隨它去響，別接。」庫斯多喬會這麼對瑪莉亞·艾瑪說。「對，你說得對。」她會如此回答。我今夜回想起這些，好讓華特知道。

80

最後，那些毒信終於不再寄來。發信者似乎從此回到內陸、回到雪地、回到木板堆旁、回到水泥灰塵中、回到鐵路線上、回到平坦的牧草地，只不過如今是安坐在他們新的財富上，他們黃金鋪地的道路上，隱形的錢財如河水般高漲。他們憑空消失，不見蹤影，他們曾是生活的一部分，但也是一場夢。這些傳閱的毒信自行銷毀了，留下一點陰影碎屑持續了兩年，最後全落得一場空。我不打算再重提那些信了。

即便提起，純粹只是因爲它們製造的厭惡感，也是圍繞華特所編織的線索之一。今晚面對那條軍毯，假如形塑他的放蕩形象與謊言不存在這棟瓦馬雷斯宅內，華特就稱不上完整。可是給庫斯多喬的回信消失了，電話也一樣。范西斯科的精力也消失了。如今，在石頭與橄欖樹上方，正在開闢專用道路建成十字路口，密而扎實、帶著輪子的黑河急急流向他處。他沒有去看，既去不了也不想去，那快速移動的車流對他毫無意義。當華特的女兒對他說早在三十年前就該建了，他回道：「妳還是直接開上其中一條路，就別再回來了！」

「她幾點回來的？」瑪莉亞．艾瑪問道，她衣服也沒換就睡著了。庫斯多喬走向妻子，跛腳拖在身後，迅捷的腳則標記著世界另一座鐘的規律節拍。「我不太確定，不過沒有太晚。」他在撒謊。他二人都會剛好在院子裡走動。只要聽到一人的腳步聲，就肯定會聽到另一人的腳步聲。有時候聽起來好像瑪莉亞．艾瑪配合著庫斯多喬的步伐，她好像也跛了。

最早一批陽傘就在那個時期出現，最早一批現代摺疊躺椅，最早一批攀緣植物，那是庫斯多喬送給瑪莉亞．艾瑪，好讓她重建自己的生活。也沒什麼，只是一些新事物，連帶屋裡的其他東西也得跟著改變，製造出一種內在革命的錯覺。某些年代藏到其他年代底下，事事替換，讓心靈煥然一新。疲憊的身軀因爲一些小事樂在其中。她會坐在舊院子裡，說：「這好美，不是嗎？」

81

然而范西斯科會繼續待在門邊。他還是不想和摺疊躺椅有什麼瓜葛，他沒法適應。他還是比較喜歡有結實扶手的桃花心木椅，可以讓他坐得直挺挺，四下環顧，只不過半徑範圍愈來愈短。不過偶爾他會上樓，我可以聽見他邊喘氣邊爬樓梯。他很希望自己無臭無聲，但他兩者都辦不到。他很希望看看她在房裡搞些什麼，又不被發現。已經有好一段時間，他都擔心她可能在畫鳥，這是他最不希望她選擇的人生道路。這比她在下午五點打開前門，出發去找那個已經失蹤的大利拉醫生更糟，比她不回家更糟，比她回家後不說自己去了哪裡或是和誰在一起，或是帶了誰回來更糟，比她不說話或是在應該回家的時間開著Dyane出去更糟。因此范西斯科才會上樓、開門，發出自己希望避免的噪音，去觀察華特的女兒。說到底，天曉得她關在房裡會做些什麼。

沒錯，灌木荒地之王是來監視的。他說他再也掌控不了任何事、任何人，但在一九八一年的冬天，他上樓來到孫女的房間，粗粗地喘著氣，相當明白地顯示他在偷偷監視。他想知道，屋外田野水潤翠綠之際，她把自己關在屋裡在做什麼。他想知道，他想上樓找出答案，他想打開上了閂的門，還用現在得時時撐著的其中一支枴杖敲門。他忽然想到要給小兒子的女兒下達命令，阻止她做某件事，至於是什麼他也不甚清楚，總之就是阻止她做某件事、做任何事。他會上樓到房間外看看她在做什麼，然後加以阻止。范西斯科人生最後的旅程就是來回於他位於一樓的房間，與通往二樓房間的樓梯。他的孫女也不是全然沒有同情心，因此她會下樓找他說話。事實上，最後那天上午他們還交談過，甚至起過爭執，互相發火、辱罵，兩人實在太相像了。

不過范西斯科根本不該生孫女的氣，她雖是他的對手卻也是他的俘虜。他理應從一開始就明白她絕不會徹底離開他的世界，假如他希望有人留在瓦馬雷斯，希望在失去那麼多之後有一點殘餘，那麼他大可以安心地撒手人寰，因爲她會留下來。或者應該說她確實留下了。不同於其他人一去不返，她雖然離開卻總會回來。庫斯多喬的跛腳、他的妻子、他的樹木、消失的雞隻、最後幾顆蛋、最後的農場大門、最後的馬軛與韁繩等等都束縛了她，最後的農具也束縛了她。她無計可施。她寫的每一封信都將是關於那些沒有生命的物品，或是閒置在地、高掛牆上，或是在屋外雨中、在穀倉內灑著月光的小水坑裡，或是井口轆轤上的小裝置、水車上的桶子。僕人的死亡與溺斃的年輕女孩，以及那長得青翠茂密、掩飾了蟾蜍綠背的蕨類束縛了她。束縛她的還有蟾蜍、尾巴歪斜畸形的暗色蠑螈、白楊、柏樹、祖先屍骨散落崩壞的白色墓園——墓園裡祖先們的姓名與土地緊緊相連，直到沉入遺忘的深淵消失不見，而大利拉醫生的墓碑或許也在那裡。石頭隱密的內心束縛了她。她從未離開，她就是會回來。從前，她經常出門時一個男伴，回來換成另一個，並在門邊深吻道別，她會帶回又一個吻技不同的人，然後她會和男人吵架，可能是不知如何應付他們，又或是不想留住他們。一九八〇年，站在窗邊的瑪莉亞·艾瑪常說女兒會孤獨終老，說她不懂得怎麼抓住男人，還說她運氣不好，因爲上帝不站在她那邊。同樣的話她也當面衝著她喊，她說她不想再聽到什麼醜聞，再看到什麼男人，她不想再看到任何一張臉或是再叫錯名字，但就算眞的又看見了，她根本也不再問他們是誰了。當時，她還擔心鄰居們會怎麼想，可是根本沒有鄰居。我說過了，瑪莉亞・艾瑪的鄰居主要就是野兔和狐狸。但庫斯多喬的妻子並未察覺。後來她才發現，自己是孤單一人，坐在陽傘底下的摺疊躺椅上，等著丈夫。至少在某天下午，她對他呼喊道：「你在嗎，親愛的？」那麼當今晚我們在軍毯上碰面時，華特就會知道了。

82

因爲收到那些信後，他們兩人之間變得更加氣息相通，舉止行爲相對稱，彷彿相互唱和。庫斯多喬會對瑪莉亞．艾瑪說：「原來那輛雪佛蘭不是他的。」而跟著他沿小徑走到院門，合力將門關上的她會回答：「是啊，看起來是這樣。」儘管沒有新事證，如今他們十分確定。回來以後，他們會看著華特的女兒，像是在說：「是啊，那輛車不是他的。」

而後女兒會想，搭計程車的返家之旅也不是他的，讓他們團聚的那場雨也不是，在N125公路上的兜風出遊也不是。在屋裡的遊蕩不是他的，他在天亮前點燃篝火的清晨時分給她的擁抱也不是他的，他滑行過光亮冰面的離去也不是他的——十年後她仍能聽見他離去的聲音。伴隨著後續十年的沉默不是他的，她逐漸習以爲常，彷彿一面隱形盾牌似的譏諷也不是他的。十五年來她爲了將那屋裡的人隔絕在外所築起的沉默不是他的。史密斯手槍、金屬子彈、他的人生，這一切都不是他的。雖然無法解釋這樣的類比從哪裡開始、到哪裡結束，也儘管幾乎所有的毒信都能被證實只是出於幻想，一切卻仍是謊言，因爲雪佛蘭不是他的。華特女兒的腦海裡想必還有一些殘存的舊日傲氣在奮力掙扎，構成這股傲氣的是與大小錢財有關的神聖責任，那是一種陳舊的顧慮，一種古代自尊，在新改變的世界裡已失去蹤影，卻仍深印在她心中，因爲唯有如此她才能容許那輛雪佛蘭繼續朝她駛來，而且車上載的已不是一九六三年冬天那批乘客——華特・狄亞斯與瑪莉亞・艾瑪・巴提斯塔。漸漸地，雪佛蘭變成只不過是一個豪華黑色錫罐，偶爾悄無聲息地飛馳而過，不知去向何方。

83

但是在一個人一輩子當中，車輪輕巧無聲的汽車形象怎能與他來探視女兒的雨夜相比？因此今晚道別前，我們必須喚起更多回憶，好讓華特知道。

在瓦馬雷斯，信件繼續放在走廊的同一張寫字桌上，在後牆邊上，在兩扇門與兩只花瓶間，亦即「群鳥畫集」最初形成的地方。庫斯多喬便將弟弟們的信堆在這裡，她也會到這裡來讀信，有時不知不覺地便牢記在心。過了幾個月，她在這裡發現有幾張新的手寫紙，塞在她原以爲是狄亞斯兄弟寫來的最後幾封信當中。那是庫斯多喬不肯看或是沒拿給其他人看的信，甚至可能沒提起過收到這些信。總共約有五封，或是六封，其中一封來自馬紐埃，昔日那個戴著頭燈、挽著一桶鐵礦、臉上一顆顆豆大汗珠的礦工，如今則擁有一整個車隊，還針對一九六三年發生在瓦馬雷斯的事發表跨大西洋的觀點。信中一段說道：「你不會希望我對你有所隱瞞吧，庫斯多喬？當他來這裡拿你孩子們的照片給我們看，他自己跟我說的，說他趁你們所有人睡覺的時候，鞋子拎在手上，只穿襪子走進他女兒的房間。他要是沒說過這話，就讓我又聾又啞，在安大略最爛的精神病院度過悽慘的晚年。華特何必扯這種謊？結果你卻說沒這回事。也許你是太生氣了，但你肯定是兩眼都瞎了才會什麼也沒看見……」最後馬紐埃說他明年或許能抽出空來，回瓦馬雷斯把事情給解決了。馬紐埃，寄自渥太華禮車公司。

也就是說他是親口告訴他們的。

有時候，站在那張嵌入如城牆般厚重牆壁的寫字桌旁，她心想實在是不可能，華特想必說了一些重要的話卻被遺漏了，華特與兄長閒聊時，想必說了截然不同的話，說了合理又眞實的話。她想像他可能是說：「你知道嗎？爲了和她私下說幾句話，我只能上樓到她臥室去，而且爲了不驚擾任何人，我等到一個雨夜，甚至還脫下鞋子。我愛她也愛他們每個人，我不想傷害任何人。我從來就不想傷害任何人……」她想像他是這麼對馬紐埃說的，偏偏在渥太華的這個哥哥只想著華特欠他的錢，聽到的恐怕不是同樣一席話，又或者是同樣的話，卻帶有不同隱喻並伴隨著雜音。所以她原諒華特，而華特也再次應她的期望，隨時會上樓到她的房間。只不過今時不同以往，他不會在黑暗中閃亮，他既不快樂也不悲傷，只是個比手畫腳的黑影，後來連黑影也不是了，比較像是死去的人。他漸漸地消失淡去。

84

是的，那年的晚冬，溫暖潮溼的二月裡，杏樹上繁花似錦。感覺上那些錯綜複雜的樹在脆弱枝枒瞬間冒出花瓣之前，根本就不存在樹林間。從那虛無交織當中出現了一大片花瓣，如面紗一般覆蓋住田野，將土地連結起來，彷彿一陣潔白的風吹過，證明大地依然生氣蓬勃。花朵徐徐盛開的美景就在此時，也只在此時才出現。人跡罕至的路徑鋪上了花瓣地毯，可以持續數日不至於裂解，一旦眞的裂解時，華特的女兒便想要重新爲大自然注入活力，挑戰那個無法再現的刹那。

她想到大自然景象是如何披露不可逆的歲月流逝。她想到戰後紅罌粟花在麥田表面隨風搖曳，宛如人的鮮血化爲家鄉的花朵，另外還有其他類似景象充斥著一個國家的悲劇史頁，後來簽訂停戰協議後還譜成了樂曲。那年冬末，當她走在那些小徑上，忍不住想起阿登地區山中的雪地戰役，頓時成爲與華特同時代的人。她回溯時空，想到從冰封的莫斯科返國的法國士兵，並隨意回憶其他戰爭光景，接著想起了赫克特，在《伊里亞德》年代與她一起痛苦的人，死後被戰車拖著在特洛伊城牆前遊街示眾的赫克特。她所能支配的事實既模糊又微不足道，一遇上那無時無刻不在發生且永遠不會重覆或停止的十足絕對——那流動的大海——便與其他藏在靈魂中的私密記憶全混在一起，受到如此限制的她又如何能喚起其他迥然不同的影像呢？但在那些極其渺小、她僅留有破碎記憶的事物之上，在那片浩瀚無垠、快速流逝的身外大海之上，浮現了她自己深愛的東西，生氣勃勃、眞眞切切。她老早就知道在某些雨夜裡，人類的歷史對她而言不及父親的歷史重要，即使這麼想似乎是大錯特錯，更遑論大聲說出來，或哪怕只是輕聲細訴。因此她眞希望華特，那個大夥戲稱為華特大兵的人，就那麼死在戰場上。

他不需要成爲英雄，他的名字不需要在收音機中被提及也不需要刻在牆上，她只希望他裹著軍毯，裹著一塊灰色嗶嘰布消失不見，便絕不會引出後來那些信。她好羨慕那些死後屍體從未還鄉，外界對他們一無所知，也什麼都沒留下的人，連個皮帶釦的心棒也沒留下。她以三十年來養成的殘酷，希望華特死得徹底，那麼他便永遠無法回來塡滿一九六三年的光輝時日，攪亂瘸子庫斯多喬的平靜，還把瑪莉亞・艾瑪原本穩穩的人生道路搞得雞飛狗跳。她寧可他被埋在外圍的廣漠中，與她毫無瓜葛。她寧可如此。她連續思索了好幾個小時。走過薄鋪在地、粉白相間的杏花瓣，花瓣黏在鞋底，彷彿多了一層鞋底隨她回家，她顧不得在門口的鐵絲踏墊將花瓣蹭去，因爲她想通了，除非摧毀華特的生命，否則她活不下去。

85

她展開這項詭詐的任務，像間諜一樣慢慢潛入自己的房間以毀滅華特這個人。她不要別人——不管是誰——叫她離開房間，或是拿什麼時候該睡覺或該吃飯的事來煩她。她想起程進入華特的內在，她想悄悄從內部攻擊他，刺入、戳穿，將他的人縮小、毀滅，讓他腐化，將他甜美、短暫的無形化爲肉體的拋物線，好讓他從此消失。她走進那片疆域，在她向來認定是銅牆鐵壁的地方，去終結、殺死她愛的人。用安眠藥水，用一杯風茄殺死他。她穿著襪子，鞋提在手上，一如他教她的模樣，一心一意想要褻瀆。她會像微生物一樣褻瀆他的骨頭，鑽進骨頭的內部組織，鑽進心臟的軟髓。這便是她的可怕任務。一九八三年春，那條軍毯凌駕於一切之上，彷彿成了憎恨的理由。在她寂靜的房裡，同一間房裡，當樹上花朵凋落，莖幹被綠葉包覆，汁液飽滿的枝枒不斷增生，長出一小串一小串包著細絨外皮的果實之際，那些必要的、自然而冷酷的話語，毫不費力在她心中油然而生。就在那個暖冬將盡之時，她開始書寫華特。就像狄亞斯兄弟們一直以來都知道的，她也知道要眞正毀人名聲，就得從他的性生活著手。她必須從華特的性生活著手。

那些家書與鳥圖在哪呢？都被收起來了，但它們會被取出、打開來、有條不紊地瀏覽，成爲她冷漠圖書館中的收藏品，純粹供把玩之用。我再一次喚醒那份冷漠，以便研究如今已變成有趣案例的華特。在那花朵盛開的寂靜春日裡，她心中充滿反抗、充滿帶著報復的蔑視。生氣勃發的枝葉讓她足以鎮定自若，像個受雇的律師寫出冷靜、惹人不快的語句，敏銳的分析則有如一個面對屍體的醫生。透過面向草地的窗戶，她將華特視爲臨床案例，必要時將他當成產品一樣談論，巧妙地以他的童年經歷爲他解釋，猶如冷酷無情的人將「說明蜘蛛」的網撒向他人的命運，讓粗糙的理由之網產生不可逆的效應。她對華特做了這樣的事，希望藉此捕捉他、消滅他、放下他、忘記他，獲得自由。她針對華特寫了三則故事。我記得那些寒涼的故事、那些冰冷的傳聞，那是爲了對抗一個用翻得破舊的鳥圖來餵養他人人生的男人所寫的。後來，瑪莉亞・艾瑪愕然發現女兒幾乎都待在家裡，老爺車Dyane就停放在院子沒開，便扯開喉嚨對她高喊：「妳還在嗎？」是的，而且還要待上幾個月。等故事都寫完了，她就會出發去找華特。這不會是難事。

86

華特在南美大陸繼續往南走的可能性頗大。不可能跑太遠，他已經開始被廣闊的世界給包圍了。她猜想他會避開非洲，那是他不想回去的地方，所以他不太可能離開大西洋西岸。正如他先前預言，非洲遍地烽火，每一寸土地都爭得你死我活，新上任的暴君似乎與前幾任同樣殘暴，尤其不利的是他們與自己壓迫的人還是血親。他說對了。青綠的橄欖樹如舊，枝幹卻搖曳於不同的風中，子彈橫掃的風中。跨大西洋郵輪的航線已中斷，不再有樂隊在船上舒緩那些冒險旅程的緊張氣氛。大船停駛，在港口裡漸漸生鏽，有些被拆除了零件，有些則成爲歷史遺物供人參觀。一群鐵恐龍，張著大嘴展示在空蕩蕩的碼頭邊。華特的女兒暗忖，在情勢變化的追趕下，他應該會沿著南美海岸往南走，想必是朝巴西或布宜諾斯艾利斯的方向。這幾乎是可以預料的。她知道。從其根本與實質，她可以感覺得到，只是缺乏確切的間接證據。她花了好一段時間，最後終於透過阿根廷大使館取得證據。自一九八一年起，華特便定居在馬力納街，當他們告訴她說他在摩甘納街開了一間酒吧，她忍不住語帶嘲諷地問，酒吧名該不會剛好和鳥有關吧。電話另一端的人說：「是啊，的確是。它就叫做*Los Pájaros*——鳥。」又到了秋天。瑪莉亞・艾瑪站在門邊目送Dyane遠去。「妳連要去哪裡都不告訴我們嗎？妳老是什麼都不告訴我們。」

Los Pájaros。我要去找*Los Pájaros*。

一九四五年那名久遠前的士兵如今是個住在阿根廷的男人。她必須去找那個人，那個迷人的獨眼巨人，我們每個人都已在歲月流逝中傷痕累累，要怎麼稱呼他其實不重要了。她的袋子裡裝了三篇奇幻故事，要用來攻擊這個魅力十足的人，不管他在或不在，故事都是由他孕育而生。

此外，華特竟會落腳於此，似乎有些諷刺。當時，阿根廷在眾人口中仍是一處地下屠場。據說不斷有揮舞槍枝、不見面容的黑影進入民宅帶走安分守己的國民，將他們推擠上車快速離去，那些人也從此失去蹤影。還有一些不可思議的傳聞說，在外海有囚犯被丟下飛機，也許是南邊的火地群島一帶，也許是北邊的埃斯特角城附近，還有一些在加勒比海上空。有人這麼說。那個十月裡，在機場與布宜諾斯艾利斯之間的黃色平原上，仍嗅得到屠宰場與火藥氣味。某些日子，五月廣場會擠滿戴著白頭巾的婦人，要求送回失蹤者。事實上她們的孩子已經被消滅，政府卻雇人傳達說他們安好無恙，只要與警方配合就能馬上回家。群魔亂舞，一支倒行逆施的神奇行伍。我就在這個改裝的屠宰場當中，找到了*Los Pájaros*的主人華特・狄亞斯。

87

我喚起*Los Pájaros*的回憶：位在摩甘納街四十三號的大門、二十世紀初的高窗、精細的木材、黃色牆壁，以及刻在金屬看板上的店名「*Bar Los Pájaros*」。無人進出。昏暗夜色降臨布宜諾斯艾利斯之際，店尚未開始營業。她發覺到，那棟屋子的門與華特最後一次消失時，暗著車燈往瓦馬雷斯大路駛去的小徑之間，毫無距離。在那一刻，他還是同樣那個人。她還寄望著黑色雪佛蘭會出現在路的盡頭，駛上前來，到了人行道後停下熄火，寄望著能看到一個男人穿著淺色雨衣與深色西裝下車走向店門。她要說什麼呢？她該怎麼稱呼他呢？華特叔叔？她可以看到他進入她的房間，抓起油燈舉高照著她的臉，一如既往。不可能，他們寫的那些全是謊言，那是個虛構卻強有力的家族故事，被狄亞斯兄弟拿來滿足他們已與故鄉脫節的想像，他們的愜意幻想，就像岸上逐漸腐爛的死魚，華特的女兒來回踱步數小時，等候黑色雪佛蘭到來時如此想著。

然而，她知道——據露易莎說——華特先買了一輛克萊斯勒，接著換成斯圖貝克，後來又換成一輛白色福特野馬。再後來，她就不知道了。如今已經沒有雪佛蘭，唯一存留的只是一道二十年的缺口，不，不是二十年，是一百年、五千年，或八千年，如果將《伊里亞德》考慮進去的話。身分認同與離散之間的距離，不能以數年甚或數百年評量。酒吧要到晚上十一點才開門，她在店外待了好幾個小時，來來回回地走著，她不知道自己跑到離瓦馬雷斯這麼遠的地方做什麼，因爲她沒有什麼要給華特，只是想當面告訴他一個包含三個章節的古老故事。她不知道自己爲何跑來打擾他，也不知道爲何非這麼做不可，爲什麼不來見他她就活不下去。她肩袋裡放的不是上膛的手槍，而是要交給他的三則故事。此時此地，一把眞的手槍能有什麼用？偶爾有人進出，但都不見華特。於是她走了進去。我記得那個入口，我要爲它說聲抱歉，不是因爲進去的緣故，而是她跨入門檻時的冷漠態度，讓那間店隱隱透著一絲妓院的感覺。但她還是進去了。

88

她進去了，沒有人在。她環視一圈*Los Pájaros*的內部裝潢。用的全是木材，純正的一九四〇年代設計。其實，裡面一切都顯得老舊，被時光凍結，停留在裴隆統治下慈善與豪奢混雜的時期。她進去了。那木材，那高桌，那彷彿用整棵異國樹木製成的厚重椅子，甚至於椅子皮面都像是屬於另一個年代。在*Los Pájaros*，椅子上披覆著一整張的水牛皮。這家店讓人想起法羅舊日的咖啡館，奶油似的光滑蠟面散發著霉味與松脂味。還有煙味，店裡有香菸、舊菸灰與煙的味道。不過，鋼琴與吧檯間，有東西在移動。它背向這邊，正在修鋼琴椅，好像是要把一隻椅腳旋緊，頗爲費力，你可以聽見身體用力的聲音。地上躺著一把鐵鎚。那物費了些勁彎下身拾起鐵鎚，喊人來卻沒有人來。那穿著格子西裝的人形放下椅凳，直起腰桿轉過身來。在那手持鐵鎚、龐大又布滿淺淡格子的身形裡，正是一個風流浪子的殘餘，華特大兵的殘餘。

此外還有軍需官、鳥畫的人、華特的殘餘。她用冷冰冰的態度面對昔日水手兼商人華特的巨大殘餘。女兒神情緊繃、專橫、不帶一絲憐憫地，在華特面前的一張椅子坐下。

起初華特沒有看她。直到過了一會兒，喝下不少烈酒之後才笑起來。他的笑聲依然沒變。他在酒吧滿座時，重新發出笑聲。他的臉變胖了，但其中的五官絲毫未變：四肢變粗，軀幹也變得肥胖如牛，但在那灰、白、黑相間的格子表面底下，仍保有四肢原來的大致輪廓。他襯衫領子白蒼蒼，又尖又鮮明。瘦長的漆皮鞋尖尖的鞋尖到處喀噠喀噠響，像女鞋似的。他的穿著打扮和從前的人一樣，只是很難說從前是哪個時候，約莫是比他回瓦馬雷斯，那段至少持續了三個月的光輝日子更早以前。她看著店裡的物品。她一向都知道，物品與一個人的存在有極密切的關係。他就在這裡，被他的物品所環繞。他就在這裡，那個站在樓梯上，因前姪女的存在而驚惶不定的賊——那個雨夜裡，是前姪女讓他上樓到她房間的，非他所願，或許也非他所期望。他就在這裡，面對女兒垂頭喪氣、感到羞愧。「妳想喝點什麼嗎？」

「*¿Qúe quieres?* 妳要什麼？妳想喝什麼？」不要，她什麼都不要。

89

這時酒吧裡充塞著歐洲音樂，帶著每一種鄉愁調調的音樂。那不勒斯、安達魯西亞、法國、波蘭、羅馬尼亞的音樂，是他用自己的老古董錄音機和老舊錄音帶錄製的選集，樂曲間的空檔還可以聽到帶子轉動的嘶嘶聲。這部舊機器維護得還不錯。播出的音樂有點模糊，其中交織著阿根廷樂曲。哀傷的米隆加舞曲、牛仔競技樂、鬱鬱的大草原音樂、探戈、阿斯托爾・皮亞佐拉的樂曲。店裡的人面帶微笑喝著酒，神情僵硬而驕傲，彷彿剛來自某個無邊無際、如大海一般的原野。我想他們所來處的大海與平原，唯一的邊際線就是地平線本身，而且那條線始終不斷地往遠方移動。這個華特知道，他並未脫節，因爲到店裡來的人會與他親切寒暄，像朋友一樣——他顯然是那個圈子裡的人。凌晨一點左右，華特的酒吧人滿爲患。他說總要到這個時候才會有精彩的事發生。他也來坐在他叫她坐的桌位，開始抱怨夜晚、抱怨恐懼，抱怨警察、軍人、銀行、他的贊助者，抱怨與摩甘納街相關的一切。他抱怨當地的飲食，怪它讓他胖成這副德性，說他夢想著要回歸一種不同的生活。這塊土地太重肉食了。他說一般家庭甚至餵小嬰兒喝肉汁。另外還有瑪黛茶。他最討厭瑪黛茶了。肉的神祕性在他看來多少有點鄙俗，也令他感到困擾。肉令他困擾。「*Me perturba muchísimo*…（讓我非常困擾）」他一再地說西班牙語和那些拖拖拉拉的混雜字詞，聽起來既不得體又奇怪，好像他屈服了，隨同某樣東西一起沉淪，倒不是因爲西班牙語的關係，而是因爲那不是他，不是以前的他。就是那句「*Me perturba muchísimo*」，那種四下裡都能聽到、像唸經似的語調，讓她鼓起勇氣將袋子裡的紙張攤開在木桌上。

不過她先問了他畫鳥的事。女兒的冷漠早已備妥，她的問題無一不帶著惡意。問題雖然不是經過深思熟慮，卻猶如一支支箭，他毫無所察，便實話實說。「我畫過剪嘴鷗、燕子、鴴鳥、鸚鵡、紅嘴鷗，反正很多很多就是了。不過我有點厭了。既然全部都記在我的腦子裡，何必用手再畫出來？」對，當然了，他現在還在畫，只是少之又少了。她問了他第五次爲什麼不再畫畫。他說了第十次因爲不需要。本來他在舞廳的舞池四周掛了一些畫，可是看起來不搭嘎，和一對對跳舞的人顯得不協調。現在他寧可讓牆面空著。「妳不喜歡這個地方嗎？」一切的發生如此迅雷不及掩耳。他甚至沒有問她爲何質問自己，便採取防守姿態；他很聰明，出奇驚訝之餘知道她來不是爲了給他什麼，反而是要從他這裡拿走什麼，他知道她是來算帳的。於是他說：「何必臨摹大自然呢？少了我，大自然還是好好的在那裡。我仍然會想到鳥，不過牠們在大草原上，不是在我的畫筆下。我再也不需要畫鳥了，牠們全都在我的腦子裡，但妳得到了一定年紀才會明白。沒錯，我不需要畫出來才能看見牠們。鳥啊……」

90

對話氣氛變得緊張，他知道她爲何而來，卻不知道她要如何完成意圖，而她則還不想有所動作，因爲擔心假如出示自己帶來的東西，他恐怕會中斷談話，把店裡的人全部趕出去。他沒有詢問關於她或瑪莉亞·艾瑪或甚至庫斯多喬的近況，又或是關於葡萄牙與新政府，或是關於瓦馬雷斯的事。華特被困在意外降臨的驚奇當中。他說，他本來有三輛車和兩棟房子，可是在這裡，你可能早上醒來時還擁有幾輛車幾棟房，到了睡覺前卻已一無所有。他把兩種語言搞混了，車子說成「*coches*」而不是「*carros*」。擁有豪宅和車子是唯一活用錢的方法。他沒有問起瑪莉亞·艾瑪或庫斯多喬，或瓦馬雷斯的老宅，甚至沒問女兒來做什麼，是怎麼找到他的，又是怎麼來的。就好像驚訝之情，抑或是對即將發生之事的預期，將他擊垮了，或是讓他願意被牽著鼻子走。就算想設法處理這被擊潰的情形也沒用。當她遞出那疊紙，上面寫了她特地來告訴他的三則可怕故事，他接了過去，說了聲「*Gracias*（謝謝）」。

此外，自己的窩，一隻老鳥的窩，來了訪客，實在太令他震驚了，就算受到槍擊他也會欣然接受。如果她還保有那把手槍，並拿出來朝他開槍，他也會覺得再自然不過。其實在內心深處，他已經等候這個驚奇時刻許久許久。接下來，當那些行動緩慢、神情驕傲的人，那些理著一九四〇年代的油頭、一身混合了義大利人與印度人的橄欖色肌膚，同時帶著些許加利西亞與法國血統的人，當那些膚色深暗、靈魂陰鬱且悲傷至極，無法享受至高無上快樂的人（這種心境她在自己國家便能深切感受到），當那些人開始離去，發出悠長、哀傷、文雅的笑聲，說起話來口齒不清，舌頭幾乎不動，聲音從喉底發出，半親吻、半打呵欠，男人將女人壓靠在腰帶釦上，像吉他似的，女人也像器物一樣順服，當這一切發生時，除了半昏暗中有兩對男女宛如夢遊的舞者般動作激烈之外，店裡差不多就剩我們兩人，我於是將第一疊紙交給華特。

他取出眼鏡，用他一九六三年駕駛雪佛蘭時戴上太陽眼鏡一樣的動作，用他從沙格里斯回程中，當著所有人的面碰觸瑪莉亞・艾瑪的手臂一樣的動作，開始閱讀。當中只停下一次問女兒這是否全是她獨力完成。「*¡Preciosísimo!*（難能可貴）」他說著，慢慢地讀，像個視力不佳的人，像是在幽微光線中逐字解析。然後他順從地讀著，一面啜著酒，面露微笑，穿著格子西裝，躲在大團肉堆底下，那堆肉不是他的，而是來自烤肉架，來自被切塊後放到架上燒烤的肥牛脂肪。在他這麼做的時候，儘管親手給了他一杯毒美酒，女兒還是愛他的。她愛的不是他原本可能變成的人，而是坐在那裡讀著那些可怕紙頁的人，他近似盲人般勉力看著那些字句，尷尬地衝著女兒笑，低頭不停胡亂翻著紙。華特讀著。

91

他唸出聲來，慢慢地唸，輕輕地唸，有時用西班牙語，有時用葡萄牙語，卻像用另一種語言似的。他的巨大身形坐在那間用鏡子裝飾的褐色酒吧中央，店內有高低不同層次，有一架靜默的鋼琴，還有一個區域偶爾有四名探戈舞者身軀交纏。女子被征服，溫順而寬容地向男人投降。他誦讀時面向探戈舞池，不時發出一聲「*¡Che!*（嗯）」超然於閱讀的內容之外，也超然於自身之外。他天眞地讀著，渾然不覺故事中寫的是他。他在阿根廷的夜晚中讀著，那夜不熱也不冷，卻靜靜綿延覆罩這座偌大的港市。他在讀著。「*Muy bien, muy bien*（很好，很好）」他說：「這全都是妳寫的？」女兒回答說是。她忽然對這個龐然肥重的男人心生一絲哀憫之情，他的捲髮黏貼於兩鬢，所在之處離安大略湖那麼遙遠，那原是他想待下來的地方，至少再多待一陣子。那個不再畫鳥的男人讓她揪心。華特的女兒再次意識到他的脆弱，因爲他沒能理解她給予的比喻，沒能理解她第一手傳達給他的粗魯、帶有攻擊性又野蠻的隱喻。他八成連標題也沒看。他沒看到。

華特將整疊紙拿在手裡，就著桌上昏暗不明的燈閱讀，卻不明就裡。最後一對探戈舞者忽然搖晃快轉了幾下，他們有大半晌彷彿泡在福馬林液中固定不動，這時才在彼此懷裡清醒過來，晃了晃身子，又停下來，身體緊密交纏，就像我方才所說。而此時他在閱讀又沒有眞正讀進去的故事，其實是關於一個凶猛、諷刺，同時也微不足道的幽靈，一如大利拉醫生的形容。這是個僅透著一丁點狂歡與威士忌味道的創作發明。故事的主人翁是個極其老邁、極其富有、極其自以爲是的人，他突發奇想要召集所有的孩子來分財產，並教導他們享受生活與成功的藝術。

我能怎麼寫呢？

故事裡這個人並非從一開始就富有。年紀輕輕的他是個窮士兵，在港口間流浪漂泊，從事一些可疑勾當，還在葡萄牙帝國沿岸的各處海灘繁衍後代——這些都是他引以爲傲的成就。如今，爲了向孩子們證明他們是他播的種，他特地做了萬全準備，因爲他還留著當初在上頭與各種膚色、說各種語言的女人翻雲覆雨而沾了土的毯子。據他所說，眞正令人難忘的是發生在毯子上的事情。從前當他抵達一處港口，只要吹出特別的口哨聲，所有和他溫存過的女人都會相繼跑來，若是她們還安在或身體狀況還夠健康的話。而如今他感興趣的事當然截然不同。這個財大氣粗的老人打算搭輪船上路，陪同的有兩名僕人和一位探險家，後者會幫助他透過他本身的五官特色，透過那些不可能錯認的家族特徵所留下的印記，尋找失散在各個沿海城鎮的合法後代。於是他們出發了。只不過當他們果眞抵達各個港口與海灣，卻無法認出昔日士兵留下的後代，因爲他們和其他哺乳動物雜交了。現在再回到以前經常出沒之處，他發現人和動物身上都能找到和自己神似的眼睛，而這些人與獸全受到沾土毯子的氣味吸引而跟隨著他。結局如何並不重要。總之那個財大氣粗、年紀老邁、頭戴巴拿馬帽的士兵，在兩名僕人與那位探險家協助下登上輪船時，身後跟著一大群非人類，他既無法與之交談也無法分配他的戰利品。輪船滿載著擁有同樣淺淡眼珠的人與獸，繼續在大海上行駛。如果華特繼續往下讀，就會知道他們始終沒有發現島嶼。華特拿在手裡的故事，只不過是阿德黎娜對地圖的想像延伸。她，華特的女兒自己，也是狄亞斯家族的一分子。這故事是個粗鄙、可厭的比喻，用語粗糙生硬，標題則一目瞭然。他之所以沒能明白，只因爲他並沒有眞正讀進去。

92

他沒讀進去是因爲仍處於震驚狀態，雖然他可能預期會有出乎意外的事，但這意外的形式卻是他始料未及，使他困在自己的避風港中。直到女兒遞給他「鳥類畫家」與「魔鬼戰車」兩份稿子，他才回頭去看方才只是快速瀏覽並未細讀的殘酷小故事標題，也才感受到女兒給他的不是一疊紙，而是一面鏡子。他紅著臉，將三疊紙翻來翻去，差點失手掉落。他注視著女兒，女兒也注視著他和昏黃燈光下的紙張。華特大聲唸出第一個故事標題「姦淫的士兵」。「姦淫……」他又重覆一次，隨後大驚：「這不會是妳寫的吧？」呢喃的夜依然流連於鑲木的店內。華特大兵面如死灰，撐起龐大身軀，那副身軀就他的骨架而言太過沉重，那副身軀掛在骨架上，彷彿和它一起拖曳著所有從前經歷過且尚未能解脫之處的實體本質。然後在那充滿樂音舞影的店內，他揮舞紙張，氣得全身發抖。「出去，滾出去！」他說道。舞池裡還在半迷醉搖晃的那對男女倏然清醒。「出去！」

華特不能容許他的毯子被這樣胡寫。他的毯子是他畫鳥和做一切自己想做之事的地方，完全不干其他人的事。他對女兒的文字恨意漸長，他站起身，一段一段大聲唸出來，用的是帶著阿爾加夫地區口音的葡萄牙語，絲毫沒摻雜西班牙語，彷彿因盛怒而變回了原來的他。他的恨意已是老套，很類似女兒在瓦馬雷斯某些男人身上看到的恨意。那是種野蠻的恨，會翻桌摔椅，對著她吼出家族不同成員的名字，而且每喊一個就罵一句。我就是那個家族。聽到這些吼叫，最後一對探戈舞者中的女子連忙披上舊式頭紗披肩，抓著舞伴的手肘離開。「出去！」

摩甘納街天色漸亮，一如二十年前天色漸亮的瓦馬雷斯，只是一切事情倒著發生。他不像當時那樣擁抱女兒，反而將女兒與她惡毒的稿子一併驅離，就因爲那卑鄙、粗野的復仇行爲。「出去！」夜色已盡。今晚我召喚華特大兵的憤怒進入這一夜。他站在臨街的門口，憤怒得不停喘氣，高舉起食指。我看見那份怒氣，將它耽擱、延後、加乘。那一夜的憤怒將永遠會是我自身憤怒的一部分，也將是我最私密的繼承中不可或缺的一部分。在日後。

93

事實上，女兒到「*Los Pájaros*」去不是爲了送上慰藉，而是爲她自己打算。她去是爲了切斷一些必須切斷，也該是時候切斷的東西。她是爲了切向自己。所以才會這麼做。

第二天晚上，她會在那條筆直的新路（在阿根廷人眼中卻是舊路）上來回溜達，她會從馬力納街留意他，並試圖和他說話。這她記得。她在摩甘納街上，背轉過去等候他。他從旁經過，遇見了她，兩人都佯裝淡漠，彷彿其實並未相遇，他入內，她留在街上，在寫著「*Bar Los Pájaros*」的招牌旁。那是布宜諾斯艾利斯一個清朗的十月天，不管黑夜、白天或日落時分，氣溫都同樣舒適宜人。她站在外面，決心等待。直到他出來，腳上那雙薄底鞋讓他的腳和他的步伐都顯得大而無當，漆皮鞋尖有沖孔雕花設計，就像以前好萊塢舞星佛雷・亞斯坦穿的鞋。他踩著沉重的腳步走向她。華特問起了瑪莉亞・艾瑪和庫斯多喬，問說范西斯科怎麼樣了。「還是不要知道比較好，好得多了。」他說。話畢彷彿又要重新消失在那個深色木材裝潢、滲出樂聲的店裡頭，但女兒到這裡來另有原因。「那妳想要什麼？」

很簡單，她不要他任何東西，只想知道他為什麼要畫鳥，但他已經起步往店內走去。「等一下！」她說。他欠她一個答案。他卻裝傻，準備道別。「我不知道。」沒有什麼特別的原因，就只是畫，一直都是這樣，他這麼說，一面開門並阻止她進入。「等等，你欠我一個回答！」華特真以為能終其一生不受懲罰嗎？真的只是因爲厭倦而離開嗎？她想知道。女兒最後一次問他爲什麼要畫那麼多鳥，並求他不要騙她。他一輩子都在畫畫，不管經過什麼地方，不惜花費時間、損害聲譽也要畫鳥，如今他卻說一切都毫無理由？他難道不明白，給她一個答案對她來說有多重要？而他顯然只想盡快從她眼前消失，閃入那道門內，便說：「我畫鳥是因爲我喜歡畫，就這麼簡單。」

那怎麼可能？他把鳥畫得鉅細靡遺，複製的精確度有如鳥類學家，並從遊歷所經之處將它們寄回，有如動物學家、插畫家、鳥類地理學家，有時也像藝術家。他畫的鳥往往躍然紙上，彷彿就要動起來或飛走。他畫的鳥幾乎像在跳舞。「等一下！」她哀求著，但旋即住口，因爲她看出了自己是怎麼樣地在折磨他。不值得。他說：「我不希望妳從我這裡學到什麼，我沒有什麼可以教妳……」等一下！「我會寫信給妳。」他說，然後又說了一點什麼，大概是示意道別的話，說完便緩緩走進去，當著她的面推著將門關上。關上布宜諾斯艾利斯摩甘納街上「*Bar Los Pájaros*」酒吧的門。動作異常緩慢。他又說道：「代我問候她一聲，我是說瑪莉亞·艾瑪。」

如此一來，華特就會知道了。

94

在瓦馬雷斯，瑪莉亞．艾瑪總愛坐在藍色陽傘遮蔭下的摺疊躺椅上，看著遠方林間空地裡，一天天變多的飯店所形成的鋸齒狀輪廓，嘩嘩然的大海則有如陸地界線與天空之間一條閃耀的帶子。她就希望大海是那個樣子，只能是那個樣子，可以爲她帶來平靜。她希望春天的海永遠不變，同時沉浸在遍灑於吐根灌木叢上的陽光暖意中。有時候，庫斯多喬的孩子們會帶相機來替她拍照，照片放大後她根本認不得自己，看起來判若兩人。「拜託，那才不是我！」「是啦，就是妳！」庫斯多喬會說。當小兒子替她錄影，她頂著一頭白髮、抱著滿懷黃花出現在螢幕上，她假裝不敢相信眼前所見，問道：「那不是卡塔芮娜．伊波恩嗎？」庫斯多喬會配合妻子說道：「不，不是，那是妳在花園裡採了一大把金盞花的那天。」有時候，女兒開著Dyane在路上碰見他們，也會停下來，順道載他們和他們的植物一程。他們會長時間散步，一前一後，慢慢地、蹣跚地，尋找漂亮的九重葛小枝。頭上戴著草帽的他們成了荒蕪田地的裝飾，開車經過的人會停下來爲他們拍照。有時候他們倆會往海的方向走去，凝視著大利拉醫生昔日的房子。「現在誰住在裡面？」她會問道。她不需要華特的問候。我也從未轉達。

數年過後，在某個寒冷的十一月初，清晨四點左右，阿德黎娜來電。電話聲尖銳大響，從玄關的矮桌拔起穿透牆壁，在牆壁間彈跳著，彷彿一個迂迴的警告。瑪莉亞·艾瑪與庫斯多喬雙雙奔過走廊，唯恐是兒子出了意外，也許和救護車警報和警察報信有關。「這麼早會是誰？」不料那不是本地電話，是長途電話，從溫哥華打來的，雖然聽起來不像，范西斯科的女兒不像身在地球另一邊的太平洋岸，倒像就在隔壁海灘上。「喂，喂？哪位呀？」瑪莉亞·艾瑪說。「現在瓦馬雷斯幾點？」阿德黎娜問。聲音清晰得甚至可以聽到費南岱斯（教華特女兒寫華特名字第一個字母W的人）在妻子旁邊說話，不過阿德黎娜沒有得到答案。「怎麼了嗎？」瑪莉亞·艾瑪問。另一頭的聲音開始帶著哭聲衝口而出：「對不起，我不得不說華特沒有留下車子、房子、店面、船、錶、支票，甚至一分一毫都沒留下！什麼都沒留下……」阿德黎娜激動地說。瑪莉亞．艾瑪沒有作聲。「這樣說狄亞斯自家人實在不厚道，但他留下的只有汙點……」瑪莉亞．艾瑪起先仍沉默不語，隨後才說：「有誰對他抱著其他期望嗎，阿德黎娜？」另一頭，可以聽見費南岱斯說：「告訴他們，我們是從卡拉卡斯的伊納修那兒得到消息的，他則是從一個阿根廷的朋友那裡聽說的。告訴他們。」而這頭，瑪莉亞．艾瑪正在向庫斯多喬解釋：「他們說他沒留下一張支票、一套西裝、一張鈔票，連房子也沒有，就跟我們想的一樣……」等瑪莉亞．艾瑪再回到電話上，阿德黎娜已經掛斷了。

這樣也好，否則還有什麼話值得再浪費錢來說？庫斯多喬起步走過走廊，較短的那條腿節奏愈來愈確實而規律，聽起來比同行的瑪莉亞．艾瑪的腳步更年輕。她轉頭對他說：「好啦，這下我們可以清靜點了。」夫妻倆走進客廳旁的臥室前，妻子這麼對丈夫說。他們站得非常靠近，可能是互相摟著進去的。

95

「等一下！」華特重新走進*Los Pájaros*酒吧，留下女兒獨自處理那許多回憶前，女兒這麼喊道。他身體的重心好像變化不定，使得他不斷低頭看地上，以免跌倒。他難道不想否認什麼，反駁什麼嗎？他沒有什麼要補充的嗎？他把那個雨夜發生的事告訴馬紐埃，他不想爲此道歉嗎？還有買雪佛蘭一部分的錢，他始終沒還呢？或者他的確還了，那爲什麼不大膽說出來？他難道不想知道兄姊們信上寫了什麼，好一一否認嗎？「等一下！」她想談談自己的生活，談談和大利拉醫生在一起的生活，談談繼大利拉醫生之後的人，談談開車兜風的事，談談她把他的書桌怎麼樣了，也談談她的計畫，她是有計畫的，其中有一些是純粹想遠離他、遠離她對他的愛。是啊，沒錯，她來就是爲了惹惱他，爲了拋棄那個不斷拖垮她的他的影像，這樣他還是無話可說嗎？她帶來這些報復性的惡毒故事，他也不想反擊嗎？她在等著。只等著他跟她說說話。

但他當著她的面將門關上，而且在臨關上前說：「代我問候她一聲，我是說瑪莉亞·艾瑪。」精疲力盡的他關上了*Los Pájaros*酒吧的門，用西班牙語禮貌地問：「*¿No querés tomar algo?* 要我幫你弄點什麼嗎？要不要來一杯……」

96

是的，她平心靜氣地回家了，卻留下永生不得安寧的華特。這她知道。他會定時寫長信給庫斯多喬，宣布自己很快就會回家，說他非回來不可。信草草寫就，沒有畫鳥。他說他想帶足夠的錢回來，買下兄長們的地，然後送給庫斯多喬，讓他隨意處置。只可惜，眼下的匯率太不划算。其實他有個計畫，他想再次致富，這回要回頭北上，經過墨西哥、加州、拉巴斯、聖地牙哥、舊金山，再繼續前往任何一個美金蓬勃發展的地方。說不定會回安大略。總之，他想回到北方受到完善統治的國家。但很明顯地，這只不過是最不可能實現的最後一個夢想。

現在他用各種不同方法輕鬆賺錢。可是在每封信中，他總是一再重覆，不管他最後落腳何處都一定會回來。直到最後他也明白自己永遠回不去了。在某一封信上已不再出現*Los Pájaros*的店名。在讓售酒吧那天晚上，他買了三輛車，並將兩大袋的阿根廷比索鈔票存進銀行，數以百萬的比索，後面太多零了，填單時還寫錯。然而短短數小時內，比索已不存在，變得毫無價值。到了第二天晚上，華特的財產削減到只剩三輛車。據我們事後得知，三輛車很快就變成兩輛。某日，他發現到賣掉一輛車可以換一張機票飛到紐約，再加上一張公車票前往紐渥克。但假如這麼做，等他到了紐渥克，既沒車也沒錢，一文不名。他將只剩下一輛車，也將在阿根廷的夜晚與遼闊的大草原，找到他一生飛翔的最後停歇處。他只有在抵達安地斯山，背向大西洋，才停止奔跑。然後，在一個寒冷的十一月天，阿德黎娜和丈夫費南岱斯從溫哥華來電。還有瑪莉亞·艾瑪的聲音，就是那個總讓我想起玫瑰花叢的聲音，錯不了，說道：「好啦，這下我們可以清靜點了。」

「等一下！」他女兒說。拜託，跟我說說畫那麼多鳥有多沒意義，你難道不明白這很重要嗎？你不懂嗎？但誠如我所說，他只是嘟噥了幾句西班牙語，便關上了酒吧的門。

97

這天早上，瑪莉亞・艾瑪的一個兒子把吉普車停在人行道上，將他買的食品從窗口遞進來。他趕時間。此外他還丟進一個包裹，是從一個叫科連特斯・德・阿雷納的地方寄來的。包裹外表髒兮兮，還寫滿了字。在那個明媚的夏日早晨，瑪莉亞・艾瑪向人在屋外的庫斯多喬發出警告似的呼喊。「庫斯多喬，進來！」他立刻趕到，兩人一起站得遠遠地打量包裹，彷彿裡頭裝了炸彈。她拿給他一把料理剪刀，他將粗如繩索的線剪斷，而裡面有個東西捲起來用另一條線綁著，竟是華特的毯子。瑪莉亞・艾瑪透過老花眼鏡端詳那物的表面良久，包裹裡的東西讓她驚呆了。她不知該作何感想，只覺得噁心到忍不住高喊：「你相信嗎？簡直是不可思議，人間蒸發了十個月以後，他還要回來招惹我們所有人，還送她那條又破又舊的毯子。他把那條爛毯子寄給她，又要把她搞得心煩意亂。他從來就沒有一點羞恥心，連死了都要回來找她麻煩。」手裡仍拿著剪刀的庫斯多喬說：

「就算妳說得對，這還是給她的包裹。我們就不應該拆的，收件人是她啊。」那個時候，她就站在他們面前，庫斯多喬於是放下剪刀，將包裹交給她。已過了十個月。

十個月前，阿德黎娜的聲音清晰地從溫哥華傳來：沒有房子、沒有車子、沒有一塊錢、沒有一件西裝，什麼都沒有。華特什麼也沒留下就走了。他一點也沒變。她應該再加一句：「你知道嗎，爸，他一個子兒也沒留下！」

98

其實華特的確留下東西了。

爲了證明他的命運並不全然在預料中，並反駁一切關於他的傳聞，十個月後，寄給他女兒的毯子包裹抵達了。棕色紙上寫著她和他的名字，裡面是摺了四折的毯子，一團厚而乾淨的布，儘管用線緊緊捆綁也幾乎沒有留下痕跡。寫在包裹外的字大得令人印象深刻，不過地名本該是聖巴斯弟盎・德・瓦馬雷斯，寫的人卻把鎮名和地區名弄反了。這想必便是混亂的開端，因爲就一般人所知，沒有這樣的地區存在。不過，包裹卻沒有寄丟。

包裝外的郵戳多得不尋常，加上別處還寫了一些指令與要求，想必至少有兩名赤道非洲的公務員在卡薩芒斯尋找這個地址時感受特別深刻，在墨西哥也有一個，摩洛哥還有一個，最後一個在西班牙南部的馬拉加，然後包裹就從那兒寄到了聖巴斯弟盎・德・瓦馬雷斯，還多了一個郵戳和另一人姓名字母的舊式簽名。

郵戳想必在那些公務員脆弱的心裡留下深刻印象，說巧不巧，在幾個月的時間當中，他們個個受到包裹外觀感動而互相攜手合作。這個包裹不像郵寄品，倒更像是在溺斃者口袋裡找到的一張紙。歪斜的字母，潦草的字體，彷彿出自某個未受教育或異常倉促的人之手，寫著：**航空郵件。緊急。非常緊急。請以最急件處理**。包裹背後有個短短的聲明，十分匪夷所思：**內容物僅具情感價值。萬望尊重寄件人與收件人**。華特的女兒想不到一個包裹外竟能寫上如此露骨的訊息，她也不知道在天差地別的地方之間竟能如此高度合作，尤其有些字都已經被汗漬和指紋給抹去了。然而事實上，華特最後這個郵件終究步上了寄件者命運的覆轍，華特的女兒發覺這一點只能以奇蹟來形容，沒有其他更恰當的字眼了，她也懷疑自己這輩子還可不可能再遇上這種事。只有這兩個字能形容，難道那種沉默、滑稽諷刺、巧合與驚奇交混的情形，還配不上「奇蹟」之名？至少這是無花果樹之屋的大利拉醫生會賦予的名稱，如果我們能一起討論華特最後這封書信的話。可是不只如此。

包裹內，毯子裡面塞了一張卡片，上頭有華特那優雅、微顫、往前傾斜的字跡，還有最後一幅鳥的素描：我將這條軍毯留給姪女，作為唯一的贈與。感覺好像從一個人的生命內在冒出無比頑固的一部分，來發表一句幼稚的無罪聲明，就像一個孩子伸出手掌證明自己的清白。這條毯子——略顯破舊卻乾淨，一如他在一九四五年從埃武拉的軍營帶走時的狀況——便是華特向上翻的手掌。女兒怎能不再說「等一下」呢？今晚一切變得明朗，因爲他再次上樓，而且連同毯子還帶來一連串令人驚嘆的影像，將所有舊日影片加以重整。從多次的乘車出遊到他摟著她的照片，到那把遭遺忘的手槍（可以說只有它散布恐懼並帶來力量），到那個他想用雙輪馬車載她前往某個未知目的地的夏日午後，到那日清晨點燃篝火的憤怒，再到第二次在摩甘納街爆發的憤怒，當時他吼著叫她「出去！」，甚至包括許久以前那個雨夜，以及她不時召喚他，他便會前來的無數夜晚。如今她知道，只要她開口，他就會脫下鞋子上樓來。他無須爲任何事情道歉，或懊悔，或請求任何人原諒，從來就不需要。華特可以在這個空間悠然閒晃，直到生命本身終結。

99

「等一下！」他女兒這麼說道，在他請她代爲傳達問候，隨即準備關上酒吧門時。他關得很慢，因爲門上有個貓眼，她確信他透過貓眼在看著她，便在原地多待了一會兒，直到酒吧客人又多起來才離開。這天是星期五，酒吧界的聖日星期五，店門不停開開關關，就是不見他的蹤影。她走回下榻的民族旅館，然後走上前往機場的長路，這條路上仍瀰漫著所犯惡行的氣味，本該是一片沃土，卻因爲這些惡行成了遼闊如海的屠場。「等一下！」她說道，就像那個雨夜一樣。這天是一九八三年十月。她想告訴他，即便他們此生永不再見，他也絕不該像在那個雨夜一樣，認爲自己對她有所虧欠。因爲華特藉由一生的影像，留給女兒一筆巨大財富。但這麼說既是對也是錯，因爲當時女兒很想拋棄華特一直以來留給她的東西。不過這樣的事今晚不會發生，不會在他的軍毯前，在瓦馬雷斯宅子頂樓的某個房間發生。這個房間他會一再回來，猶如一道強光，直到生命本身終結。

100

其實，華特女兒對各種工具的熟悉程度不輸給任何工人。她認得犁、斧柄、長竿、雜草鋤、馬鈴薯耙，三股、五股和六股叉，狹長如舌的鏟子，還有下凹如兩隻大手交叉的鏟子。這些物事都掛在牆上，以便將來子孫們能將宅子變成觀光博物館，每件工具都用壓克力板標記。可是這個時候，她不需要標記。她認得鐮刀、耙子、刺棒與吊鉤，吊鉤有單一鉤體宛如牙齒，也有雙開口薄如刀刃。她認得鋤身結實的鋤頭，快速揮動的話能垂直鏟入土中，表面光滑如鏡。她也認得鋤身有曲線的那種，通常用來篩撿石頭，可以把它插入石頭中間往旁邊撥，鋤地時可用來移除犁溝裡的石頭。但今天早上她需要的是單一鋤身、堅固的鋤頭。不過使用這種鋤頭時，男人得先往手上吐個口水，緊緊握住鋤柄，然後將它高舉過頭，舉得直直的，再用力往下揮，同時大喝一聲，讓鋤身深深嵌進土裡。這就是她要選的工具。還要在樹木間選一方土地，那些是果樹，但很快就會爲庭院提供涼蔭。她就是要往這塊沙地組織揮下鋤身。每樣東西放在哪裡，每件工具要上哪去找，她都清楚。目前與華特女兒同床共枕的人覺得很奇怪，她竟然能僅憑觸覺摸黑找到農具，而不需開燈。當身體休息或甚至完全封閉時，就得靠著直覺、靠著基因、靠著額頭上的第三隻眼去看所有可怕又美麗的事物。她將工具與毯子拿到屋外。和她在一起的人兩樣都不能碰，這是她的事，只與她一人有關。她以歷史悠久的動作，在地上挖了個洞。「喝！」每鋤一下就大喊一聲，像在生孩子似的。她將摺起的毯子放入洞內，對自己與華特都感到滿意。誰是誰的父親？誰是我們的母親？說不定在那一刻，華特已成了她的兒子。她聽見他無數汽車的車輪聲，其中有幾輛的樣子像船，它們的飛快速度讓她欣喜若狂，旋即卻又擔心他會滑出道路、衝出路肩而喪命，恰似母親擔心兒子的心情。又是黎明時分。我們再次重聚，享受兜風快感。求求你，等一下。

這時，瓦馬雷斯宅子的側門傳出庫斯多喬的腳步聲，規律而有節奏，較短的那條腿被一層奇特的羽毛保護著，好似細緻的絲絨。腳步聲沿著小徑而來，穿過枯草地，代表了他自己也代表瑪莉亞·艾瑪，因爲她被女兒在橄欖樹林間挖地的聲音吵醒。他安祥、謹慎的腳步慢慢靠近，這個步伐警覺的男人同時有一半也是另一個男人。庫斯多喬來到她身邊，取過她手上的鋤頭，親自將土回填、推平，並等著她說點什麼。然後他說：「拜託，別呆呆站在那裡，時間還這麼早就起床，進屋去吧。」他這麼說道。說完他也進去了。

【Echo】MO0070

畫鳥的人

O Vale da Paixão

國家圖書館出版品預行編目(CIP)資料

畫鳥的人／莉迪亞．豪爾赫（Lídia Jorge）著；顏湘如譯. -- 初版. -- 臺北市：馬可孛羅文化出版：家庭傳媒城邦分公司發行, 2021.4
面；　公分. --（Echo；MO0070）
譯自：O Vale da Paixão
ISBN　978-986-5509-64-4（平裝）
879.57　　110001101

作　　者❖莉迪亞．豪爾赫（Lídia Jorge）
譯　　者❖顏湘如
自序翻譯❖名揚翻譯有限公司
美術設計❖莊謹銘
內頁排版❖HAMI
總 編 輯❖郭寶秀
責任編輯❖邏懷廷
協力編輯❖楊淑慧
行　　銷❖許芷瑀

發 行 人❖凃玉雲
出　　版❖馬可孛羅文化
10483臺北市中山區民生東路二段141號5樓
電話：(886)2-25007696
發　　行❖英屬蓋曼群島商家庭傳媒股份有限公司城邦分公司
10483臺北市中山區民生東路二段141號11樓
客服服務專線：(886)2-25007718；25007719
24小時傳真專線：(886)2-25001990；25001991
服務時間：週一至週五9:00～12:00；13:00～17:00
劃撥帳號：19863813　戶名：書虫股份有限公司
讀者服務信箱：service@readingclub.com.tw
香港發行所❖城邦（香港）出版集團有限公司
香港灣仔駱克道193號東超商業中心1樓
電話：(852)25086231　傳真：(852)25789337
E-mail：hkcite@biznetvigator.com
馬新發行所❖城邦（馬新）出版集團
Cite (M) Sdn. Bhd.(458372U)
41, Jalan Radin Anum, Bandar Baru Seri Petaling,
57000 Kuala Lumpur, Malaysia
電話：(603)90578822　傳真：(603)90576622
E-mail：services@cite.com.my
輸出印刷❖前進彩藝有限公司
初版一刷❖2021年4月
定　　價❖420元

Funded by the DGLAB/Culture and the Camões, IP – Portugal

REPÚBLICA PORTUGUESA
CULTURA
DIREÇÃO-GERAL DO LIVRO, DOS ARQUIVOS E DAS BIBLIOTECAS

CAMÕES
INSTITUTO DA COOPERAÇÃO E DA LÍNGUA
PORTUGAL
MINISTÉRIO DOS NEGÓCIOS ESTRANGEIROS

ISBN：978-986-5509-64-4（平裝）

城邦讀書花園
www.cite.com.tw